KB164529

이건 다만 사랑의 습관

이것이

다만      사랑의

습관

안희연
황인찬
엮음

창비시선
500
기념시선집

창비

# 차례

**김용택**

# 오래 한 생각

어느 날이었다.
산 아래
물가에 앉아 생각하였다.
많은 일들이 있었고
또 있겠지만,
산같이 온순하고
물같이 선하고
바람같이 쉬운 시를 쓰고 싶다고,
사랑의 아픔들을 겪으며
여기까지 왔는데 바람의 괴로움을
내 어찌 모르겠는가.

나는 이런
생각을 오래 하였다.

**김경후**

# 속수무책

내 인생 단 한권의 책
속수무책
대체 무슨 대책을 세우며 사느냐 묻는다면
척 내밀어 펼쳐줄 책
썩어 허물어진 먹구름 삽화로 뒤덮여도
진흙 참호 속
묵주로 목을 맨 소년 병사의 기도문만 적혀 있어도
단 한권
속수무책을 나는 읽는다
찌그러진 양철 시계엔
바늘 대신
나의 시간, 다 타들어간 꽁초들
언제나 재로 만든 구두를 신고 나는 바다 절벽에 가지
대체 무슨 대책을 세우며 사느냐 묻는다면
독서 중입니다, 속수무책

**도종환**

# 나머지 날

고립에서 조금 더 깊은 곳으로 들어가
이층집을 짓고 살았으면 좋겠네
봄이면 조팝꽃 제비꽃 자목련이 피고
겨울에는 뒷산에 눈이 내리는 곳이면 어디든 좋겠네
고니가 떠다니는 호수는 바라지 않지만
여울에 지붕 그림자가 비치는 곳이면 좋겠네
아침기도가 끝나면 먹을 갈아 그림을 그리고
못다 읽은 책을 읽으면 좋겠네

파도처럼 밀려오는 소음의 물결에서 벗어나
적막이 들판처럼 펼쳐진 곳에서 살았으면 좋겠네
자작나무들과 이야기하고
민들레꽃과도 말이 통하면 좋겠네
다람쥐 고라니처럼 말을 많이 하지 않고도
평화롭게 하루를 살았으면 좋겠네
낮에는 씨감자를 심거나 남새밭을 일구고
남은 시간에 코스모스 모종과 구근을 심겠네

고요에서 한계단 낮은 곳으로 내려가
단풍 드는 잎들을 가까이 볼 수 있는 곳에서 살았으면 좋
겠네
나무들이 바람에 한쪽으로 쏠리지 않는 곳에서
한쪽으로 쏠리지 않는 이들과 어울려 지내면 좋겠네
울타리 밑에 구절초 피는 곳이면 어디든 좋겠네
집으로 돌아가는 길이 굽은 길이면 좋겠네
추녀 밑에서 울리는 먼 풍경 소리 들으며
천천히 걸어갈 수 있으면 좋겠네

짐을 조금 내려놓고 살았으면 좋겠네
밤에는 등불 옆에서 시를 쓰고
그대가 그 등불 옆에 있으면 좋겠네
하현달이 그믐달이 되어도 어디로 갔는지 묻지 않듯
내가 어디로 가게 될지 묻지 않으며
내 인생의 가을과 겨울이 나를 천천히 지나가는 동안
벽난로의 연기가 굴뚝으로 사라지는 밤하늘과
나뭇가지 사이에 뜬 별을 오래 바라보겠네

이정록

# 까치설날

까치설날 아침입니다. 전화기 너머 당신의 젖은 눈빛과 당신의 떨리는 손을 만나러 갑니다. 일곱시간 만에 도착한 고향, 바깥마당에 차를 대자마자 화가 치미네요. 하느님, 이 모자란 놈을 다스려주십시오. 제가 선물한 점퍼로 마당가 수도 펌프를 감싼 아버지에게 인사보다 먼저 핀잔이 튀어나오지 않게 해주십시오. 아내가 사준 내복을 새끼 낳은 어미 개에게 깔아준 어머니에게, 어머니는 개만도 못해요? 악다구니 쓰지 않게 해주십시오. 파리 목숨이 뭐 중요하다고 손주 밥그릇 씻는 수세미로 파리채 피딱지를 닦아요? 눈 치켜뜨지 않게 해주십시오. 아버지가 목욕탕에서 옷 벗다 쓰러졌잖아요. 어머니, 꼭 목욕탕에서 벗어야겠어요? 구시렁거리지 않게 해주십시오. 마트에 지천이에요. 먼젓번 추석에 가져간 것도 남았어요. 입방정 떨지 않게 해주십시오. 하루 더 있다 갈게요. 아니 사나흘 더 자고 갈게요. 거짓부렁하게 해주십시오. 뭔 일 있냐? 고향에 그만 오려고 그러냐? 한숨 내쉴 때, 파리채며 쥐덫을 또 수세미로 닦을까봐 그래요. 너스레 떨게 해주십시오. 용돈 드린 거 다 파먹고 가야지요. 수도꼭지처럼 콧소리도 내고, 새끼 강아지처럼 칭얼대게 해주십시오. 곧 이사해서 모실게요. 낯짝 두꺼운 거짓 약속을 하게 해주십시오. 내가 당신의 나무만이 아님을 가르쳐주었듯, 내 나무그늘을 불평하는 일이 없도록 해주십시오. 대대로 건네받으셨다는 금반지는 다음 추석에, 그다음, 그다음, 몇십년 뒤 설날에 받겠습니다. 당신의 고집 센 나무로 살겠습니다. 나뭇잎 한장만이라도 당신 쪽으로 나부끼게 해주십시오.

이설야

# 날짜변경선

바뀐 주소로 누군가 자꾸만 편지를 보낸다

이 나라에는 벌써 가을이 돌아서버렸다
매일 날짜 하나씩 까먹고도 지구가 돌아간다
돌고 돌아서 내가 나에게 다시 도착한다

지금 광장에서 춤추는 소녀는 어제 왔지만
나는 내일 소녀를 만날 것이다
만년 전 달려오던 별빛이 내 머리 위를 통과해갔다
그래서 오늘은 너와 헤어졌다

검은 재를 뒤집어쓰고
우리는 매일 무릎이 까진다

나에게 도착한 미래가
어제 아프다고 전화를 했다

그래,

이제 이 나라에서 입력한 날짜들을 모두 변경하기로 하자
획획, 나무들이 날아가고
섬들이 날아가고, 낙엽이 빗방울처럼 날아가고
날아가고, 날아가는 것들
뒤바뀐 날짜를 버리기로 하자
버리고 버려서
가슴속엔 새로운 정부를
모든 경계선을 지워가며

신두호

# 지구촌

햇빛 속을 걸었어
정오를 지나
지구인의 심정으로
이곳의 대기는 나의 신체에 적합하지 않다
호흡기계통에 무리를 느끼며

햇빛이란 뭘까
일자를 떠올려도 빛나는 건 없었어
존재란 잘 구워진 빵과 같아서
신체가 주어지면
영혼은 곧 부드럽게 스며들 텐데
버터가 녹아들듯이

열기가 필요할 거야
태양이 일종의 장소라고 믿는다면
뿜어져나오는 광선을 햇빛이라고 부른다면
신체와 영혼을 구원하는 오븐이라는
불길한

일기예보는 어제를 잊어가며 계속되겠지
지구 곳곳에선 동식물들이 자라나고
마지막으로 감기는
동시대적인 눈들

처음으로 종이 울리겠지만
솟아오르는 로켓을 보면 언제나 우울해져
모든 것을 남겨두고
지구에서 벗어나려

빛을 떠안고 있을 때
영을 센 이후에 시작된 것들은
여전히 영을 믿고 있겠지
접었던 손가락들을 펼치며

대기권으로 운석이 낙하하고 있다
불타오르는 잔해들에 눈을 떼면서

**안미옥**

# 캔들

궁금해
사람들이 자신의 끔찍함을
어떻게 견디는지

자기만 알고 있는 죄의 목록을
어떻게 지우는지

하루의 절반을 자고 일어나도
사라지지 않는다

흰색에 흰색을 덧칠
누가 더 두꺼운 흰색을 갖게 될까

아무렇지도 않은 얼굴은
어떻게 울까

나는 멈춰서 나쁜 꿈만 꾼다

어제 만난 사람을 그대로 만나고
어제 했던 말을 그대로 다시
다음 날도 그다음 날도

징그럽고
다정한 인사

희고 희다
우리가 주고받은 것은 대체 무엇일까

**박연준**

# 고요한 싸움

버드나무 아래서 기다래지는 생각
버드나무는 기다리는 사람이
타는 그네

참새 무덤을 만든 사내가
죽음으로부터 멀어지고
새가 되려다 실패한 고양이의 눈 속엔
비밀이 싹튼다

허방과 실패로부터 도망가는
지네의 붉은 등

소문이 무성해지는 힘으로 봄은 푸르고
변심을 위해 반짝이는 잎사귀들이
버드나무를 무겁게 누르는 오후

여름은 승리가 아니다

흔들리는 것은 죽은 참새와 그네 위
기다래지는,
생각

버티어야 할 것은
버틸 수 없는 것들의 등에 기대어
살기도 한다

# 목소리가 사라진 노래를 부르고 싶었지

목소리처럼 사라지고 싶었지 공중에도 골짜기가 있어서,
눈이 내리고 아무도 모르는 곳으로 가서 하얗게 사라지고
싶었지

눈은 쌓여서

한 나흘쯤,

그리고 흘러간다 목소리처럼, 그곳에도 공터가 있어서 털
모자를 쓰고 꼭 한사람이 지날 만큼 비질을 하겠지 하얗게
목소리가 쌓이면, 마주 오면 겨우 비켜서며 웃어 보일 수 있
을 만큼 쓸고

서로 목소리를 뭉쳐 던지며 차가워, 아파도 좋겠다 목소
리를 굴려 사람을 만들면,

그는 따뜻할까 차가울까

그러나 사라지겠지 목소리 사이를 걷는다고 믿을 때 이미
목소리는 없고, 서로 비켜서고 있다고 믿을 때 빙긋, 웃어 보
인다고 믿을 때 모자에서 속절없이 빠져버린 털처럼 아득히
흩날리며 비질이 공중을 쓸고 간다 목소리를 굴려 만든 사
람이 있다고 믿을 때……

주저앉고 말겠지 두리번거리며

눈사람처럼

제발 울지는 말자, 네 눈물이 시간을 흘러가게 만든다 두 갈래로 만든다

뺨으로 만든다

네 말이 차가워서 아팠던 날이 좋았네

봄이 오고

목소리처럼, 사라지고 싶었지 계절의 골짜기마다 따뜻한 노래는 있고,

노래가 노래하는 사람을 지우려고 하얗게 태우는 목소리처럼,

한 나흘쯤 머물다

고요로부터 고요에까지 공중의 텅 빈 골짜기를 잠깐 날리던 눈발처럼 아침 공터에서 먼저 녹은 자신의 몸속으로 서서히 익사하는 눈사람처럼

아무도 모르는 곳으로 흘러가고 싶었지

그러나 그건 참 멀다, 고개 들면 당인리발전소 커다란 굴뚝 위로 솟아올라 그대로 멈춰버린 수증기처럼 목소리가 사라진 노래처럼

**박성우**

# 또 하루


날이 맑고 하늘이 높아 빨래를 해 널었다
바쁠 일이 없어 찔레꽃 냄새를 맡으며 걸었다
텃밭 상추를 뜯어 노모가 싸준 된장에 싸 먹었다
구절초밭 풀을 매다가 오동나무 아래 들어 쉬었다
종연이양반이 염소에게 먹일 풀을 베어가고 있었다
사람은 뒷모습이 아름다워야 한다고 생각했다

**이시영**

# 그네

아파트의 낡은 계단과 계단 사이에 쳐진 거미줄 하나
외진 곳에서도 이어지는 누군가의 필생

**박신규**

# 청혼

수억년 전에 소멸한 별 하나
광속으로 빛나는 순간이 우리의 시간이라는,
은하계 음반을 미끄러져온 유성의 가쁜 숨소리가
우리의 음악이라는,
당신이 웃을 때만 꽃이 피고 싹이 돋고
당신이 우는 바람에 꽃이 지고 낙과가 울고
때로 그 낙과의 힘이 중력을 지속시킨다는,
하여 우리의 호흡이 이 행성의 질서라는
그런 오만한 고백은 없다네

바람에 떠는 풀잎보다
그 풀잎 아래 애벌레의 곤한 잠보다
더 소소한 것들을 물끄러미 바라보기 위해,
주름진 치마와 해진 속옷의 아름다움
처진 어깨의 애잔함을 만지기 위해,
수십년 뒤 어느 십일월에도
순한 바람이 불고 첫눈이 내려서
잠시 창을 열어 눈발을 들이는데

어린 새 한마리 들어와 다시 날려보내주었다고
그 여린 날갯짓으로 하루가 온통 환해졌다고
가만가만 들려주고 잠드는
그 하찮고 미미한 날들을 위해서라네

# 울창하고 아름다운

모퉁이를 돌면 말해다오 은밀하게 남아 있는 부분이 있다고

가령 저 먼 곳에서 하얗게 감자꽃 피우는 바람이 왔을 때 바람이 데려온 구름의 생애가 너무 무거워 빗방울 후드득후드득 이마에 떨어질 때 비밀처럼 간직하고픈 생이 있다고

처마 끝에 서면 겨울이 몰고 온 북국의 생애가 풍경처럼 흔들리고 푸르게 번지는 풍경 소리 찬 바람과 통증의 절기를 지나면 따뜻한 국물 펄펄 끓어오르는 저녁이 있어 저녁의 이마를 짚으며 가늠해보는 무정한 생의 비밀들

석탄 몇조각 당근 하나 노란 스카프 밀짚모자 아직 다 말하지 않은 부분이 있다고 은밀하게 남아 있는 부분이 있어 다 알려지지 않은 무엇이 여기 있다고

**박철**

# 빨랫줄

건너 아파트에 불빛이 하나 남아 있다
하늘도 잠시 쉬는 시간,
예서 제로 마음의 빨랫줄 늘이니
누구든 날아와
쉬었다 가라

**장석남**

# 여행의 메모

이 여행은 순전히
나의 발자국을 보려는 것
걷는 길에 따라 달라지는
그 깊이
끌림의 길이
흐릿한 경계선에서 발생하는
어떤 멜로디
나의 걸음이 더 낮아지기 전에
걸어서, 들려오는 소리를
올올이 들어보려는 것
모래와 진흙, 아스팔트, 자갈과 바위
낙엽의 길
거기에서의 어느 하모니
나의 걸음이 다 사그라지기 전에
또렷이 보아야만 하는 공부
저물녘의 긴 그림자 같은 경전
오래전부터 있어왔던
끝없는 소멸을

보려는 것
이번의 간단한
나의 여행은,

**박라연**

# 화음을 어떻게든


어머니! 겨울이 코앞이네요
저는 세상이 모르는 흙, 추운 색을 품어 기르죠
길러낸 두근거림을 따서 바칠게요
개나리 다음엔 수선화 그다음엔 꽃잔디로 붉게
채워질 때쯤 눈치챌까요?
꽉 찬 이 두근거림을

여울진 꽃잔디에 목이 더 길어진 수선화는
군락으로 번지며 나비처럼 날아요 시름을
찾아내 바꿔치기하죠
허기의 틈새에서 팬지가 올라오면 튤립의 붉은
아침을 함께할 수 있을까요 어머니
고요를 열고 일터의 얼룩과 서로의 석양을
어루만져요

붓꽃의 기품이 당신 키를 찾아내면
양귀비 떼가 소나기처럼 몰려올까요? 꽃들이
속속 열리고 일렬종대와 일렬횡대로 색색으로 깔깔대며

밥상을
　차려요 어머니! 섞이며 이동하는 저 동작들의
　눈부심을 마셔요 누구나

　화엄은 너무 멀겠죠? 화음이라도
　어떻게든 보여주려고 사람 몸에 꽃을 보내신 것
　나팔꽃 채송화 분꽃으로 와서 가늘고 낮은
　야근하는 손을 잡는 것

　그 마음 그대로 가을에게 넘겨줄래요
　눈시울 붉어진 백일홍을 보면서 느껴요 가을의
　꽃은 가장 먼 곳부터 두근거리는 가을 햇살인 것

　근심을 씨앗으로 바꾸는
　저 해바라기 그늘 아래서는 세상을 더는
　욕하지 않을래요
　어머니

**임경섭**

# 빛으로 오다


엄마 엄마
오늘 과학 시간에 선생님이 말했어요
모든 것이 빛으로 존재한다고요
빛이 없으면 서로를 확인할 수 없다고요
빛이 있어서 모두가 함께할 수 있다고요

그럼 엄마
내 앞에 있는 엄마는 엄마인가요 빛인가요
어느날 엄마가 사라진다면 그건
빛이 사라진 거니까 엄마는
보이지 않을 뿐 영원히 사라지지 않는 건가요

집에 오다 누군가 담벼락에 적어놓은
휴거라는 글자를 봤어요 무서워요
모두가 사라지는 날이라잖아요
그 길이 어두웠다면 그 길이 보이지 않았다면
이런 마음은 처음부터 없었을 텐데

엄마, 오늘밤엔 불을 끄지 말아줘요
불을 끄면 내 방도 사라지고 내 잠도 사라지고
엄마를 위해 모으던 동전들과
어린 동생을 위해 적어놓은 기도문들도 사라질 거예요

그래도 불을 꺼야 하겠죠?
이제야 알겠어요 밤이 왜 존재하는지
밤이 오면 우리는 모두 이 세상에서 사라지는 거죠
우리가 사라져야 그동안 또다른 우리가 이 세상을 살아갈
테니까
그리고 또다시 아침이 오면 우리는 전혀 다른 빛으로
서로 다른 빛으로 태어나겠죠

**김명수**

# 키 큰 떡갈나무 물참나무 아래 지날 때

도토리 열매들 어느새 사라졌고
도토리깍정이만 흩어진 언덕입니다
물참나무 떡갈나무
아래 지날 때
여기 이 산언덕에 햇살도
따사롭게 내려요
가을입니다
구월이네요
도토리를 안았던 도토리깍정이를
주워보았어요
빈 깍정이가 소복했습니다
소복한 깍정이가 포근했어요
무엇이 그 속에 담겨 있나요
맑은 바람이 불어왔습니다
나는 구월의 아이가 되고 싶었지요
키 큰 떡갈나무 물참나무
아래 지날 때

**김정환**

# 빈 화분


빈 화분이 이미 빈 화분 아니고 비로소 집이다,
식물의, 식물적인 기억의.
바라봄 없는 바라봄의 원형이 있다.
무엇이 원(圓)이고 어디가 원(原)?
질문도 그렇게 시끄러운 운명이 없고
운명도 그렇게 시끄러운 무늬가 없다.
도란도란이 두런두런으로 넘어가는 원형이다,
신대륙의. 공간이 죽음을
품기 위하여 펼쳐지려는 노력이었군.
시간이 저 혼자 간절하게 이어졌어.
그런 수긍도 이제 둘 다 먼저 그러지 않고
너무 많은 시간과 공간의
낭비도 고요한
신대륙이다, 빈 화분.

**김중일**

# 오늘도 사과

날 한번도 만난 적 없이 떠나간 사람들에게
미안합니다, 잘해주지 못해서.

깊은 꿈을 꿨어요. 너무 깊어서, 눈을 떴는데 여전히 바닷속이었어요. 깜짝 놀라 다시 눈을 감았어요. 나도 모르게 뛰쳐나가려는 놀란 가슴을 손으로 눌렀어요. 내 몸은 이미 물이 됐는지, 가슴에 손이 빠져들었어요. 찬 심장을 거머쥐었어요. 손안에서 심장은 물처럼 흩어졌어요. 그때 내 손을 잡아주어서 고맙습니다.

깊은 꿈에서 깼어요. 야산에 묻힌 지 사년 지난 네살 아이 시신은 결국 못 찾았어요. 얼마 전 실종된 일곱살 아이는 끝내 시신으로 찾았어요. 온 산을 거머쥐고 있는 땅속 아이의 작은 손을 생각했어요. 그 손을 잡아주지 못해서 미안합니다.

내 머리를 모자처럼, 몸을 셔츠처럼, 다리를 바지처럼, 발을 구두처럼 공중에 벗어놓겠어요.

내 손을 손수건처럼 공중에 건네겠어요.

단 한번도 못 만나고 떠나보낸 이들에게 미안합니다.

단 한번도 잘해주지 못해서 미안합니다.

창문 속으로 빈방이 뛰어내리듯,
눈빛 속으로 사람이 뛰어내리듯,
오늘도 미안합니다. 그리고 고맙습니다.

이대흠

# 목련

사무쳐 잊히지 않는 이름이 있다면 목련이라 해야겠다 애써 지우려 하면 오히려 음각으로 새겨지는 그 이름을 연꽃으로 모시지 않으면 어떻게 견딜 수 있으랴 한때 내 그리움은 겨울 목련처럼 앙상하였으나 치통처럼 저리 다시 꽃 돋는 것이니

그 이름이 하 맑아 그대로 둘 수가 없으면 그 사람은 그냥 푸른 하늘로 놓아두고 맺히는 내 마음만 꽃받침이 되어야지 목련꽃 송이마다 마음을 달아두고 하늘빛 같은 그 사람을 꽃자리에 앉혀야지 그리움이 아니었다면 어찌 꽃이 폈겠냐고 그리 오래 허공으로 계시면 내가 어찌 꽃으로 울지 않겠냐고 흔들려도 봐야지

또 바람에 쓸쓸히 질 것이라고
이건 다만 사랑의 습관이라고

김사이

# 가끔은 기쁨


검은 얼룩이 천장 귀퉁이에 무늬로 있는 것
곰팡이꽃이 옷장 안에서 활짝 피어 있는 것
갈라진 벽 틈새로 바람이 드나드는 것

더우나 추우나 습한 부엌에서 벌레랑 같이 밥 먹는 것
화장실 바닥에 거무스름한 이끼들이 익숙한 것
검푸른 이끼가 마음 밑바닥을 덮고 있는 것
드러나지 않고 손길 닿지 않는 곳에
끈적끈적함이 붉은 상처처럼 배어 있는 것
삶 한켠이 기를 써도 마르지 않는 것

바람 한점 없이 햇볕 쨍쨍한 날
지상의 햇살 모두 끌어모아
집 안을 홀라당 뒤집어 환기시킬 때면
기름기 쫘악 빠진 삶이
가끔은 부드러워지고 말랑말랑해져
고슬고슬해진 세간들에 고마워서
그마저도 고마워서 순간의 기쁨으로 삼고
또 열심히 살아가는

**나희덕**

# 심장을 켜는 사람

심장의 노래를 들어보실래요?
이 가방에는 두근거리는 심장들이 들어 있어요

건기의 심장과 우기의 심장
아침의 심장과 저녁의 심장

두근거리는 것들은 다 노래가 되지요

오늘도 강가에 앉아
심장을 퍼즐처럼 맞추고 있답니다
동맥과 동맥을 연결하면
피가 돌듯 노래가 흘러나오기 시작하지요

나는 심장을 켜는 사람

심장을 다해 부른다는 게 어떤 것인지 알 수 없지만
통증은 어디서 오는지 알 수 없지만

심장이 펄떡일 때마다 달아나는 음들,
웅크린 조약돌들의 깨어남,
몸을 휘돌아나가는 피와 강물,
걸음을 멈추는 구두들,
짤랑거리며 떨어지는 동전들,
사람들 사이로 천천히 지나가는 자전거 바퀴,
멀리서 들려오는 북소리와 기적 소리,

다리 위에서 노래를 부르는 동안
얼굴은 점점 희미해지고

허공에는 어스름이 검은 소금처럼 녹아내리고

이제 심장들을 담아 돌아가야겠어요
오늘의 심장이 다 마르기 전에

**이기인**

# 언제나 깍듯이

새들은 다른 삶과 섞일 수 있어서 날아간다
커피잔 귀를 긁는 방은 혼자의 물과 날짜를 먹는다
언제나 깍듯이 울어주는 벽시계가 또 멈춘다
새소리가 구르는 기슭은 깊숙한 바위로 멈춘다
저녁은 밀가루로 반죽하고 싶은 뒷모습
양초의 불안을 강아지에게도 읽어준다
묘비명은 언제나 깍듯이 초대장을 보낸다
희끗하게 벗어놓은 새소리와 물소리가 겹친다
새들은 바람과 창문으로 돌아가려고 한다

**정희성**

# 연두

봄도 봄이지만
영산홍은 말고
진달래 꽃빛까지만

진달래꽃 진 자리
어린잎 돋듯
거기까지만

아쉽기는 해도
더 짙어지기 전에
사랑도

거기까지만
섭섭기는 해도 나의 봄은
거기까지만

**박소란**

# 심야 식당


당신은 무얼 먹고 지내는지
궁금합니다
이 싱거운 궁금증이 오래 가슴 가장자리를 맴돌았어요

충무로 진양상가 뒤편
국수를 잘하는 집이 한군데 있었는데
우리는 약속도 없이 자주 왁자한 문 앞에 줄을 서곤 했는데
그곳 작다란 입간판을 떠올리자니 더운 침이 도네요 아직
거기 그 자리에 있는지 모르겠어요
맛은 그대로인지

모르겠어요
실은 우리가 국수를 좋아하기는 했는지

나는 고작 이런 게 궁금합니다
귀퉁이가 해진 테이블처럼 잠자코 마주한 우리
그만 어쩌다 엎질러버린 김치의 국물 같은 것
좀처럼 닦이지 않는 얼룩 같은 것 새금하니 혀끝이 아린

순간
　순간의 맛

　이제 더는
　배고프다 말하지 않기로 해요 허기란 얼마나 촌스러운 일
인지

　혼자 밥 먹는 사람, 그 구부정한 등을 등지고
　혼자 밥 먹는 일

　형광등 거무추레한 불빛 아래
　불어 선득해진 면발을 묵묵히 건져 올리며
　혼자 밥 먹는 일

　그래서
　요즘 당신은 무얼 먹고 지내는지

**이경림**

# 서쪽

딸은 서쪽에 있다고 말했다
거기가 어디냐고
무엇의 서쪽이냐고
묻는 걸 잊어버렸다

바로 코앞인 것 같으나 만져지지 않았다
아주 먼 곳 같으나 코앞이었다
모르는 행성 같기도 했다

나뭇잎들 서쪽으로 서쪽으로 흔들렸다
그림자들 하나같이 서쪽으로 누웠다
집, 길, 햇빛, 사람, 나무, 하늘
모두 서쪽이었다

여긴?
돌아보는데 그녀 있던 자리 벌판이었다

누런 이파리들이 춤추듯 날아갔다

깡충깡충 한뼘씩 가는 것도 있었다

쓰레기통 옆인데 자동차 밑인데 보도블록 아랜데
모두 서쪽이었다

한 아이가 서쪽을 꺾어 들고 서쪽으로 달려갔다
버들개지 같은 서쪽

전동균

# 이토록 적막한


나무는 왜 땅에 서 있어야 하고 새들은 하늘을 날아야 하
는지

날마다 해와 달을 깨우고 움직이는 힘은 무엇인지
그 힘이 왜
없어도 좋은 우리를 여기 있게 하고
아침이면 눈꺼풀을 열게 하는지

해달은 왜 물에 떠 해초를 감고 잠자는지, 털도 없는 톡토
기는 어떻게 영하 70도의 혹한을 견디는지, 피파개구리는
왜 혀가 없는지, 오리너구리는 어떻게 알을 낳게 됐는지

이 작은 가슴에 어떻게 바다와 사막이 함께 출렁이고
사랑은 늘 폭탄을 감추고 있는지
헛된 꿈들은 사라지지 않는지

*왜? 왜? 왜?*
*어떻게? 어떻게? 어떻게?*

휘몰아치는 소용돌이 속을
우리는 걸어간다
옆구리에 지느러미가 돋아나도
비늘들이 발등을 뒤덮어도


우는 대신 웃는 표정으로

**노향림**

# 동백숲길에서

아름드리 동백숲길에 서서
그 이름 기억나지 않으면
봄까지 기다리세요.

발갛게 달군 잉걸불 꽃들이
사방에서 지펴진다면
알전구처럼 밝혀준다면

그 길
미로처럼 얽혀 있어도

섧디설운
이름 하나
기억 하나
돌아오겠지요.

박경희

# 빈집 한채


내 안의 사랑은
빈집 한채를 끌어안고 산다

수돗가 세숫대야의 물을 받아먹고 살던
향나무 한분이 사랑채 지붕으로 쓰러진 건
그대가 떠나간 뒤부터다

툇마루에 옹이가 빠져나가고
그 안으로 동전과 단추가 사라진 집은
고양이의 울음소리로 조심스러워졌다

툇마루 옹이 빠진 구멍 속
거미의 눈으로 바라보는 내 안의 사랑은
언제 다시 돌아올지 모른다

먼 산으로 돌아앉은 그대

별을 세다가 새벽을 놓치고
쓰르라미 울고

**유이우**

# 이제 집으로 돌아가야 할 때

자유에게 자세를 가르쳐주자

바다를 본 적이 없는데도 자유가 첨벙거린다
발라드의 속도로
가짜처럼
맑게

넘어지는 자유

바람이 자유를 밀어내고
곧게 서려고 하지만

느낌표를 그리기 전에 느껴지는 것들과

내가 가기 전에
새가 먼저 와주었던 일들

수많은 순간순간

자유가 몸을 일으켜
바다 쪽으로 가버렸다

그리고 이 모든 이야기를
저기 먼 돛단배에게 주었다

돛단배는 가로를 알고 있다는 듯이
언제나 수평선 쪽으로 더 가버리는 것

마음과 몸이 멀어서 하늘이 높다

**고영민**

# 두부

저녁은 어디에서 오나
두부가 엉기듯

갓 만든 저녁은
살이 부드럽고 아직 따뜻하고

종일 불려놓은 시간을
맷돌에 곱게 갈아
끓여 베 보자기에 걸러 짠
살며시 누름돌을 올려놓은

이 초저녁은
순두부처럼 후룩후룩 웃물과 함께
숟가락으로 떠먹어도
좋을 듯한데

저녁이 오는 것은
두부가 오는 것

오늘도 어스름 녘
딸랑딸랑 두부 장수 종소리가 들리고
두부를 사러 가는 소년이 있고
두붓집 주인이 커다란 손으로
찬물에 담가둔 두부 한모를 건져
검은 봉지에 담아주면

저녁이 오는 것
두부가 오는 것

**황인찬**

# "내가 사랑한다고 말하면
다들 미안하다고 하더라"

공원에 떨어져 있던 사랑의 시체를
나뭇가지로 밀었는데 너무 가벼웠다

어쩌자고 사랑은 여기서 죽나
땅에 묻을 수는 없다 개나 고양이가 파헤쳐버릴 테니까

그냥 날아가면 좋을 텐데,
그런 일은 일어나지 않는다

그날 꿈에는
내가 두고 온 죽은 사랑이
우리 집 앞에 찾아왔다

죽은 사랑은
집 앞을 서성이다 떠나갔다

사랑해, 그런 말을 들으면 책임을 내게 미루는 것 같고
사랑하라, 그런 말은 그저 무책임한데

이런 시에선 시체가
간데온데없이 사라져야 하는 법이다

그러나 다음 날 공원에 다시 가보면
사랑의 시체가 두 눈을 뜨고 움직이고 있다

이영재

# 낭만의 우아하고
# 폭력적인 습성에 관하여

봄입니다 봄을 비약한

봄입니다 끝자락에서 시작되는 이 지나친 화려, 식상한 파
라솔 앞에도 슈퍼 앞에도 바나나우유 앞에도 우아하고 불안
한 인류가 봄에 등을 기댄 채 낄낄댑니다 베껴진 쓸쓸을 흥
분하다가도 아름다운 시대였지, 아름답다고 평가할 시대였
어 역시

봄입니다 봄 주변으로 여리고 부드러운 들개 한마리가 와
앉습니다 검고 환한, 새끼예요 너는 야생에서 왔니 친구들
은 서로의 머리를 위태로 쓰다듬고, 온순입니다 들개를 순
화하는 들개, 야생이 궁금해 야금야금 들개를 먹은 인류의
몸은 펄펄 끓습니다 막대 하드로 속을 식혀도, 주체를 주체
하는 건 쉬운 일이 아니라서요

봄입니다 들개들이 옵니다 울음으로 환함으로 황량으로 무
리를 지어 멀리를 통해 들개는 어두운 납득입니다 여태의

봄입니다 인류가 함께 파라솔을 접고 사다리를 밟아 슈퍼지
붕에 오르면

봄입니다 노을이 있었네, 그게, 그러니까, 그러네

봄입니다 흐트러진 각자의 낭만을 노을로 비약하지 않기로

합니다 한 무리의 들개들이 지붕을 둘러싸고 노을을 둘러
싸고 펄펄 끓는 비약은 어떤 정서라고 하지 않습니다 짖습
니다 짖어요 들개 무리는 꼬리를 흔들고 인류 무리는 손부
채질을 해보지만, 사람의 두려움은 사람의 두려움과 총량이
같습니다 그 어떤 이상도 존재하지 않는

봄입니다 비타민을 삼켜봅니다

봄입니다 비타민을 삼켜요 서서히 녹는 비타민은 노을보다
연약합니다 노을은 과도해지고 사랑해지고, 식상한 파라솔
은 여전히 지붕 아래입니다 작아 보여요 작은 들개도 들개
주변의 들개도, 어마어마하게 왜소한 들개들입니다 들개들
이 쓰는 일본어를 들었는데 아름답습니다 아름답다라는 중
국어를 엿들었는데 아름다워지고 맙니다 인류는 관계로 낄
낄대고요 안전한 낭만에 갇힌

봄입니다 한마리의 들개는 소실점이 아닙니다 두마리의 들
개도

봄입니다 속은 뜨겁고 비타민은 녹고, 빛을 삼키고 왕왕 번
지는 어둠마저

봄입니다 팔을 꿰고 앉은 인류는 낭만을 비약합니다 도망치

지 않았다고 파라솔은 위를 가리킵니다 송곳니에 찢어지는
파라솔의 식상도 좋고 사라진 들개를 추억으로 해대는 것도
좋아, 비약된 사랑도 이뤄질 것만 같은

봄입니다 훈련된 키스를 절반으로 나누고 앞발을 순서대
로 저곳에서 이곳으로, 이곳의 들개들은 휘파람입니다 남
해의 습하고 더운 바람으로 기쁨이 식어도 기쁨이 식지
않는

봄입니다 노을이 없고 밤이 없고 바닥이 없어 어둠에 둥둥
뜬 지붕이 홀로 봄을 지탱하고 있습니다 외로움은 없길 바
라요 봄은 둘 이상의 중독이었다가 둘 이상의 습성을 조련
했다가도 봄은 봄이라도 되는 것처럼

봄입니다 색상 밖의 비타민을 삼키면

봄입니다 갔나, 갔을까, 어둠의 소실점은 번복으로 사라집
니다 속은 뜨겁고 들개들이 있던 봄은 왕왕, 완연입니다 사
다리를 밟아 지붕을 내려가면, 중력은 그대로고요 찢긴 파
라솔 틈으로 속상한 아침노을마저 비약해봅니다 널브러진
쓰레기는 우리를, 사랑을 낄낄댑니다 왠지 슬프다

봄입니다 나도 왠지

봄입니다 왠지 시작되는 사랑, 그 어떤 사랑보다 편협할, 우리가 시작하는 힘으로 가할 폭력적인 사랑의

손택수

# 나뭇잎 흔들릴 때 피어나는 빛으로

어디라도 좀 다녀와야 숨을 쉴 수 있을 것 같을 때
나무 그늘 흔들리는 걸 보겠네
병가라도 내고 싶지만 아플 틈이 어딨나
서둘러 약국을 찾고 병원을 들락거리며
병을 앓는 것도 이제는 결단이 필요한 일이 되어버렸을 때
오다가다 안면을 트고 지낸 은목서라도 있어
그 그늘이 어떻게 흔들리는가를 보겠네
마흔몇해 동안 나무 그늘 흔들리는 데 마음 준 적이 없다
는 건
누군가의 눈망울을 들여다본 적이 없다는 얘기처럼 쓸쓸
한 이야기
어떤 사람은 얼굴도 이름도 다 지워졌는데 그 눈빛만은
기억나지
눈빛 하나로 한생을 함께하다 가지
나뭇잎 흔들릴 때마다 살아나는 빛이 그 눈빛만 같을 때
어디 먼 섬이라도 찾듯, 나는 지금 병가를 내고 있는 거라
여가 같은 병가를 쓰는 거라
나무 그늘 이저리 흔들리는 데 넋을 놓겠네

병에게 정중히 병문안이라도 청하고 싶지만
무슨 인연으로 날 찾아왔나 찬찬히 살펴보고 싶지만
독감예방주사를 맞고 멀쩡하게 겨울이 지나갈 때

이정훈

# 마지막에 대하여

마지막, 소리 내면
지금도 목울대에 등자 같은 게 솟아오른다
아버지만 해도 그렇지,
건빵 한봉지가 다였다니
나는 밤나무 꼭대기의 저녁 햇살이
성 엘모의 불이었다고 기억한다
폭풍 속 배의 마스트에 환했다던 그 불덩이
아버지는 건빵 한봉지를 쥐여주고
마당 속으로 가라앉은 거다
마지막이란 말은 그러고 보니,란 말 뒤
안장에 매달린 건빵 자루처럼 덜렁거린다
건빵을 하나씩 꺼내 먹으며
막막한 마당 밖으로 밀려가는 중이다
단단하고 물기라곤 하나 없는 막
막의 한끝을 혀로 녹여
수프처럼 물렁하게 만드는 게 여정의 끝
마지막은 넓고 황량해
줄 게 건빵뿐인 이가 처음도 마지막도 아니겠지

그러나 얼마나 멋지냐
산맥을 타넘어도, 들판을 가로질러도 좋고
키클롭스와 세이렌의 바다를 떠돌아도 좋고
좋은 것을 찾아 더 멀리 헤매는 사람의 운명
마지막,
말하고 나면 금방이라도
힘센 말이 나를 싣고 떠날 것 같은 기분이 드는 이유다

**백무산**

# 정지의 힘

기차를 세우는 힘, 그 힘으로 기차는 달린다
시간을 멈추는 힘, 그 힘으로 우리는 미래로 간다
무엇을 하지 않을 자유, 그로 인해 무엇을 해야 할 것인가
를 안다
무엇이 되지 않을 자유, 그 힘으로 나는 내가 된다
세상을 멈추는 힘, 그 힘으로 우리는 달린다
정지에 이르렀을 때, 우리가 달리는 이유를 안다
씨앗처럼 정지하라, 꽃은 멈춤의 힘으로 피어난다

이산하

# 새와 토끼


또 카나리아가 노래를 멈추고 졸았다.
광부들이 갱 밖으로 탈출했다.
사장은 일의 능률이 떨어진다고
새의 목을 비틀어 입갱금지 조치를 내렸다.
광부들이 유독가스에 중독돼 쓰러져갔다.

전쟁 때 잠수함 속의 토끼가 죽자
선장의 명령으로 토끼 역할을 대신한
「25시」의 작가 게오르규 병사가 떠올랐다.

누가 병든 새와 토끼를 넣었을 수도 있다.
그래서 일찍 숨을 멈추었을 수도 있다.
지키는 자는 누가 지키나.
그 지키는 자는 또 누가 지키나.
이제는 먼저 아픈 것만이 능사가 아니다.
낡은 것은 갔지만 새로운 것이 오지 않는
그 순간이 위기다.
아직 튼튼한 새와 토끼는 도착하지 않았다.

**고형렬**

# 꽃씨

아직까지 알려지지 않은 사실이 있었습니다

모든 꽃은 자신이 정말 죽는 줄로 안답니다
꽃씨는 꽃에서 땅으로 떨어져
자신이 다른 꽃을 피운다는 사실을 몰랐답니다

사실 꽃들은 그것을 모르고 죽는답니다
그래서 앎대로 꽃은 사라지고 꽃씨는
또다시 죽는답니다

모진 추위에 꽃씨는 얼어붙는답니다
얼어붙는 꽃씨들은 또 한번 자신들이 죽는 줄로 안답니다
다시는 깨어나지 못한다고 생각했습니다

다른 약속과 숙지가 없었습니다
오직 죽음만 있는 줄로 알고 있었습니다

꽃씨들은

꽃을 피웠지만 다시 살아난 것이란 사실을 알지 못했습니다

생각할 수 없는 일들이었습니다

그래서 모든 꽃은 자신의 존재를 알지 못합니다

자신의 작년의 꽃을 모릅니다


그 마지막 얼었던 꽃씨들만 소란한 꽃을 피운답니다

돌아온다는데 꽃이 소란하지 않고 어쩌겠습니까

**박형준**

# 달나라의 돌

아라비아에 달나라의 돌이 있다
그 돌 속에 하얀 점이 있어
달이 커지면 점이 커지고
달이 줄어들면 점이 줄어든다*

사물에게도 잠자는 말이 있다
하얀 점이 커지고 작아지고 한다
그 말을 건드리는 마술이 어디에
분명히 있을 텐데
사물마다 숨어 있는 달을
꺼낼 수 있을 텐데

당신과 늪가에 있는 샘을 보러 간 날
샘물 속에서 울려나오는 깊은 울림에
나뭇가지에 매달린 눈〔雪〕이
어느새 꽃이 되어 떨어져
샘의 물방울에 썩어간다
그때 내게 사랑이 왔다

마음속에 있는 샘의 돌
그 돌 속 하얀 점이
커졌다 작아졌다 하는 동안
나는 늪가에서 초승달이 되었다가 보름달이 되었다가
그믐달로 바뀌어간다

* 플리니우스의 말이라고 함. 헨리 데이비드 소로 『달빛 속을 걷다』
  참조.

안희연

# 슈톨렌

"건강을 조심하라기에 몸에 좋다는 건 다 찾아 먹였는데
밖에 나가서 그렇게 죽어 올 줄 어떻게 알았겠니"

너는 빵*을 먹으며 죽음을 이야기한다
입가에 잔뜩 설탕을 묻히고
맛있다는 말을 후렴구처럼 반복하며

사실은 압정 같은 기억, 찔리면 찔끔 피가 나는
그러나 아픈 기억이라고 해서 아프게만 말할 필요는 없다
퍼즐 한조각만큼의 무게로 죽음을 이야기할 수 있다
그런 퍼즐 조각을 수천수만개 가졌더라도

얼마든지 겨울을 사랑할 수 있다
너는 장갑도 없이 뛰쳐나가 신이 나서 눈사람을 만든다
손이 벌겋게 얼고 사람의 형상이 완성된 뒤에야 깨닫는다
네 그리움이 무엇을 만들었는지

보고 싶었다고 말하려다가

있는 힘껏 돌을 던지고 돌아오는 마음이 있다

아니야 나는 기다림을 사랑해
이름 모를 풀들이 무성하게 자라는 마당을 사랑해
밥 달라고 찾아와 서성이는 하얀 고양이들을
혼자이기엔 너무 큰 집에서
병든 개와 함께 살아가는 삶을

평평 울고 난 뒤엔 빵을 잘라 먹으면 되는 것
슬픔의 양에 비하면 빵은 아직 충분하다는 것

너의 입가엔 언제나 설탕이 묻어 있다
아닌 척 시치미를 떼도 내게는 눈물 자국이 보인다
물크러진 시간은 잼으로 만들면 된다
약한 불에서 오래오래 기억을 졸이면 얼마든 달콤해질 수
있다

* 슈톨렌. 크리스마스를 기다리며 매주 한조각씩 잘라 먹는 기다
  림의 빵.

**김현**

# 내가 새라면


걸어다닐 수 있겠지
겨울 갈대숲을

황량한 곳
정신이 깨끗한 손가락으로 턱을 괴는 곳

가끔 진흙탕에 발이 빠지기도 하고
삶이 진창이라는 것을
사랑하는 이의 어깨 위에서 알려줄 수 있겠지

어둠 속에서 진흙이 다 말라
떨어질 때
포르릉 사랑하는 이의 정신 속에 있는
진리의 나라로 날아가
갈대숲에 남기고 온 발자국을 노래할 수 있겠지

흙으로 만든 지혜의 징검다리와
그 사이로 몇번씩 개입되는 슬픔과
무리 지어 서쪽 하늘로 사라지는 고독을

부모는 죽고 죽은 부모가 살아생전 모셨던 믿음이 깨지고
그때
우리가 얼마나 불효자식들인지
당신이 옳아요
당신의 팔다리와
당신이 죽은 고양이를 그리워하며 흘리는 눈물이
그 고양이가 통째로 잡아먹은 당신의 새가

내가 새라면 날 수 있겠지
단 한번의 날갯짓으로
검은 비 떨어지는 창공으로 날아올라
추락을 살 수 있겠지

겨울 갈대숲
발자국 위에서 볼 수 있겠지
멀리
날아가는 한마리 새

박승민

# 무현금(無絃琴)


그러고도 한참을 더 숨을 고른 뒤에야 바람의 환부(患部)를 조심스레 눌러봅니다.

닿는다는 건 자주 바뀌는 당신 마음의 일생을 따라 걷는 일인데, 알 수 있을 것 같았던 그 마음까지도 모르겠네, 이젠 도통 모르겠네, 투덕거리며 자꾸 당신 쪽으로 귀를 조금 더 기대어놓는 일인데, 이쪽으로 되넘어오는 찌그러진 마음의 대야를 펴서 다시 전해보는 일인데……

이번에는 어떤 화성학도 흉내 내지 않았습니다. 수백번을 꼬아서 만든 명주실의 소리들도 끊어버렸습니다.

마지막까지 참아내던 들숨의 현(絃)이 자신도 어찌하지 못하고 허공을 끊고 터져나갈 때, 그 순간의 단심(丹心)만을 생각하며 다시 어두워지는 구름의 공명통 속으로 올려 보냅니다.

한생이란 답장이 오기엔 너무 짧은 거리, 어느 늙수그레

한 어둠이 붉은 나뭇잎 사이로 빠져나갈 때, 더 어두워져버린 낡은 귀를 이번에도 아닐 거야, 아닐 거야 하면서 잠시 열어두기는 하겠습니다.

# 호미


호미 한자루를 사면서 농업에 대한 지식을 장악했다고 착각한 적이 있었다


안쪽으로 휘어져 바깥쪽으로 뻗지는 못하고 안쪽으로만 날을 세우고


서너평을 나는 농사라고 했는데
호미는 땅에 콕콕 점을 찍으며 살았다고 말했다


불이 호미를 구부렸다는 걸 나는 당최 알지 못했다
나는 호미 자루를 잡고 세상을 깊이 사랑한다고 생각했다


너른 대지의 허벅지를 물어뜯거나 물길의 방향을 틀어 돌려세우는 일에 종사하지 못했다
그것은 호미도 나도 가끔 외로웠다는 뜻도 된다
다만 한철 상추밭이 푸르렀다는 것, 부추꽃이 오종종했다는 것은 오래 기억해둘 일이다

호미는 불에 달구어질 때부터 자신을 녹이거나 오그려 겸손하게 내면을 다스렸을 것이다

날 끝으로 더이상 뻗어나가지 않으려고 간신히 참으면서


서리 내린 파밭에서 대파가 고개를 꺾는 입동 무렵


이 구부정한 도구로 못된 풀들의 정강이를 후려치고 아이들을 키운 여자들이 있다

헛간 시렁에 얹힌 호미처럼 허리 구부리고 밥을 먹는

**유병록**

# 아무 다짐도 하지 않기로 해요

우리
이번 봄에는 비장해지지 않기로 해요
처음도 아니잖아요

아무 다짐도 하지 말아요
서랍을 열면
거기 얼마나 많은 다짐이 들어 있겠어요

목표를 세우지 않기로 해요
앞날에 대해 침묵해요
작은 약속도 하지 말아요

겨울이 와도
우리가 무엇을 이루었는지 돌아보지 않기로 해요
봄을 반성하지 않기로 해요

봄이에요
내가 그저 당신을 바라보는 봄

금방 흘러가고 말 봄

당신이 그저 나를 바라보는 봄
짧디짧은 봄

우리 그저 바라보기로 해요

그뿐이라면
이번 봄이 나쁘지는 않을 거예요

**최정례**

# 어디가 세상의 끝인지

산에 나무를 심으러 간다고 간 것이었는데 어린 토끼와 마주치게 되었다. 식목일이었고, 우왕좌왕하는 토끼 한마리를 향해 아이들이 고함치며 달려들고 있었다. 어린 토끼는 처음 맞는 이상한 광경에 어리둥절 달아나지도 못하고, 이런 일은 좀처럼 없는 일이라 아마 딴 세상의 소풍일 거라 짐작했다. 누가 토끼에게 바위 밑 구멍을 가리켜준 듯 토끼는 재빨리 구멍 속으로 파고들었고, 귀에 고함 소리 가득했으나 무슨 뜻인지 몰라 가만히 있었다. 그 소리 다 흩어질 때까지, 그들이 다 자라 어른이 될 때까지, 졸업 삼십주년이 될 때까지. 누군가 구멍 속으로 연기를 피워 넣자고 했고, 젖은 나뭇가지를 모아 불을 피웠고, 그러면 토끼가 튀어나올 것이라 했다. 그러나 죽어본 적 없는 어린 토끼 뭐가 뭔지 몰라 무작정 굴속에서 기다렸다. 외롭고 어둡고 어지러운 이상한 소풍날. 기다리기만 하면 이 마술의 끝이 올 것만 같았는데 아무도 구해주지 않았고, 빨간 눈을 뜨고 어둠 속에서 그냥 죽었다.

구멍에 손을 뻗어 휘젓다가 축 늘어진 토끼를 꺼낸 것은 은기였다. 졸업 삼십주년 동창회에서 은기가 말했다. 학수는 선생들이 토끼탕을 먹는 것을 보았다고, 토끼가 펄펄 끓던 학교 가마솥을 누구보다도 잘 기억할 수 있다고 했다. 토끼를 마주친 것은 식목일이 아니라 눈발 날리는 초겨울이었다고 성만이 말했다. 그날 산에서 산에 사는 메아리라는 노래를 불렀다고, 오월이었다고, 토끼의 귀에도 그 메아리 반복되었을 것이라고 규태가 말했다. 메아리가 아니라면 누가 알겠냐고 어디가 세상의 끝인지를, 규태가 이상한 소리를 했고, 그날 눈 속에서 토끼는 뛸 수가 없었다고 분명 겨울이었다고 성만이 우겼다. 그래, 겨울이었다고 치자, 누군가 말했다.

정현우

# 사랑의 뒷면

참외를 먹다 벌레 먹은
안쪽을 물었습니다.
이런 슬픔은 배우고 싶지 않습니다.
뒤돌아선 그 사람을 불러 세워
함께 뱉어내자고 말했는데
아직 남겨진 참외를 바라보다가
참회라는 말을 꿀꺽 삼키다가
내게 뒷모습을 보여주는 것
먼 사람의 뒷모습은
눈을 자꾸만 감게 하는지
나를 완벽히 도려내는지
사랑에도 뒷면이 있다면
뒷문을 열고 들어가 묻고 싶었습니다.
단맛이 났던 여름이 끝나고
익을수록 속이 빈 그것이
입가에서 끈적일 때
사랑이라 믿어도 되냐고
나는 참외 한입을

꽉 베어 물었습니다.

곽재구

# 그리움

달빛
하얀 밤

두엄자리 곁
분꽃 피었다

오래전
당신이 똥 눈 자리
그 자리가 좋아서
나도 쭈그리고 앉아
똥 누었지

함께 눈
세월의 똥

그립고 아득하여라
때로는 별이 잠긴 호수가 되고
불칼이 되고

하얀 물고기가 되고

당신이
똥 누던 소리 속으로
분꽃처럼 우수수 별들 쏟아지고

신미나

# 가지의 식감

물탱크에 걸린
해가 짧아졌습니다
야채 장수가 트럭을 몰고
오르막을 내려가고

해가 터진 것처럼
등 뒤에 구름의 둘레가 밝습니다

어제는 충고를 들었습니다
생각했던 모습과 다르네요
자꾸 웃으면 사람이 약해 보여요

그 말을 듣고
나는 왜 웃는 사람

양파가 굴러갑니다
언덕 아래로
감자와 토마토가 굴러갑니다

세상은 이상한 수건돌리기 같아서
자꾸 웃음이 납니다
등 뒤에 수건이 놓인 줄 모르고

식재료는 둥글고
짓물러서 흠이 많습니다
어느 바닥에서도
잘 구를 수 있습니다

야채는 하나의 색을 입고
벽장 속에, 커튼 뒤에
냄새의 공동체를 만듭니다

한 몸이 되어도
풀이 죽지 않은 푸성귀는
잃어버린 초록을 자책하지 않습니다

이상국

# 오늘 하루

막힌 배수구를 찾아 마당을 파자
집 지을 때 묻힌 스티로폼이 아직 제집처럼 누워 있다.
사람만이 슬프다.

앞집 능소화는 유월에 시작해 추석 밑까지 피고 진다.
립스틱 같은 관능이 뚝뚝 떨어진다.
꽃도 지면 쓰레기일 뿐.

유럽의 길바닥에는
시리아 난민들이 양떼처럼 몰려다니고
폐지 줍는 노인이 인공위성처럼 골목을 돈다.
누가 울든 죽든 지구는 아무 생각이 없다.
내가 대통령이 되면 폐지 값을 대폭 인상할 것이다.
지구도 원래는 우주의 쓰레기였다.

대낮에 무슨 음모라도 하는지
동네 개들이 대가리를 주억거리며 골목을 돌아다닌다.
저것들은 여름을 조심해야 되는데

반세기가 넘게 평화가 지속되는데도
누가 또 별을 달았다고 거리에 현수막을 내걸었다.
나는 벌써 오래전에 시인이 되었는데
동네 사람들은 모른다.

김승희

# 사랑의 전당

사랑한다는 것은
엄청나게 으리으리한 것이다
회색 소굴 지하 셋방 고구마 포대 속 그런 데에 살아도
사랑한다는 것은
얼굴이 썩어 들어가면서도 보랏빛 꽃과 푸른 덩굴을 피워
올리는
고구마 속처럼 으리으리한 것이다

시퍼런 수박을 막 쪼갰을 때
능소화 빛 색채로 흘러넘치는 여름의 내면,
가슴을 활짝 연 여름 수박에서는
절벽의 환상과 시원한 물 냄새가 퍼지고
하얀 서리의 시린 기운과 붉은 낙원의 색채가 열리는데

분명 저 아래 보이는 것은 절벽이다
절벽이라는 것을 알고 있다
절벽까지 왔다
절벽에 닿았다

절벽인데
절벽인데도
한걸음 더 나아가려는 마음이 있다

절벽에서 한걸음 더 나아가려는 마음
낭떠러지 사랑의 전당
그것은 구도도 아니고 연애도 아니고
사랑은 꼭 그만큼
썩은 고구마, 가슴을 절개한 여름 수박, 그런
으리으리한 사랑의 낭떠러지 전당이면 된다

**최지은**

# 이 꿈에도 달의 뒷면 같은
# 내가 모르는 이야기 있을까

아무 일 없이 하루가 끝나고 자정이 되고 나는 고속버스 안에서 잠이 들어 있습니다. 반포터미널에서 전주, 아버지의 집으로 가는 검은 도로. 겨울의 버스 차창은 성에로 뒤덮여 모든 것이 포근해 보입니다. 밖은 불투명하게 가려지고 승객들은 저마다의 몽유 속에 가볍게 고개를 흔들고 있습니다. 나는 무거운 몸을 창에 기댄 채 꿈속으로 빠져듭니다. 등 돌린 어머니가 보입니다. 내가 세 살 때, 다른 사랑을 찾아 나를 떠난 나의 어머니. 하얀 부엌. 뒷모습의 어머니는 통조림 뚜껑을 열고 있습니다. 크게 울려오는 통조림 뚜껑 소리. 뒤집힌 통조림에선 붉은 양귀비가 쏟아지기 시작합니다. 연이어 푸른 들판. 늪처럼 깊은 여름 밤하늘이 흘러넘칩니다. 검푸른 밤하늘에 눈을 줄 때마다 하나하나 별빛이 밝아집니다. 내 시야는 점점 넓어지고. 꿈의 모서리로부터 끝없는 기찻길이 놓이기 시작합니다. 시야는 점점 넓어지고. 기차 소리 들려오지만 기차는 보이지 않습니다. 더 넓혀갑니다. 이리저리 돌려가며 납작한 꿈을 부풀려봅니다. 부풀어오르는 내 여름밤. 기찻길. 별빛. 흔들리는 양귀비. 넓어지는 시야. 기차가 출발했던 곳까지 내달리는 나의 꿈. 내가 모르던 이야기들이 그곳에도 숨어 있습니다. 저 멀리 기둥 아래 한 사람의 그림자가 일렁이고. 그가 누구인지는 알 수 없지만 내 가슴속 슬픈 돌멩이. 슬픈 얼굴. 아버지라는 걸 압니다. 부풀어오르는 꿈. 또 한번 시야가 넓어지고. 또다른 기둥에 가려져 보이지 않는 한 사람이 보입니다. 시야를 넓혀 들여다봅니다. 내가 사랑했던 사람. 내 사랑. 반가운 마음에 다가갔을 때 온갖 이유로 떠나간 그와의 이별이 떠올랐습니다. 미움도 괴로움도 두려움도 없이 나는 그 시간을 다 지켜보고. 되돌려진 시간 속에 긴 오해를 풀어가고 슬픔과 화해하며. 넓어지는 꿈속에서. 나는 용기를 내 다시 사랑을 붙잡아봅니다. 사랑의 손을 잡고 걷습니다. 어쩐지 우리 둘 맨발로 가볍게 거닙니다. 상처 입은 여름풀. 짙은 향기를 풍겨옵니다. 음악이 흐릅니다. 내가 좋아하는 여린 피아노 음악. 우리 둘 이제 거의 음악 속에 들어온 것 같습니다. 두 발이 떠오르고 하늘을 나는 것 같습니다. 구름 사이를 지나며 어릴 적 내가 잃어버린 흰 개를 본 것도 같았습니다. 아무것도 바랄 것 없고 두려움 없는 마음. 나의 돌멩이, 나의 슬픔, 나를, 이기는 사랑을 내 손에 쥐고. 나는 음악처럼 더 가벼워집니다. 거의 없어질 듯. 그때. 사랑은 돌연 또 사라지고. 또 한번 온갖 이유가 내 앞에 놓여 있습니다. 나는 능숙하게 눈앞에 이유들을 하나하나 감추기 시작합니다. 두 발이 땅에 가까워지는 것 같습니다. 몸이 무거워지는 것 같습니다. 무거운 눈꺼풀. 밤의 버스에 앉아 있습니다. 어디로 가는 길인지 기억나지 않습니다. 아버지가 돌아가신 지도 수년이 흘렀는데 이 새벽 나는 어디로 가는 걸까. 아무리 생각을 되짚어봐도 이상합니다. 지금 나는 여름 밤길을 홀로 걷고 있으니까. 어디부터가 몽상의 시작이었을까. 사랑을 잃은 건 언제 적 일일까. 이 밤길은 왜 이렇게 길고 어두울까. 왜 아무도 보이지 않는 걸까. 얼마나 더 걸어야 집에 닿을까. 몽상의 끝에 나의 집 있을까. 백번의 사랑을 잃고 백두번째 사랑에 빠져 걷고 있는 이 밤. 지금 여기. 저 멀리 쫑긋 세운 하얗고 작은 두 귀. 멍한 두 눈이 보입니다. 내가 잃어버린 흰 개. 나는 힘껏 달려봅니다. 안아봅니다. 너무 많은 이야기를 품고 너무 오래 헤맨 나의 하얀 개. 따듯한 목욕. 옛날이야기. 담요 위의 잠. 부드럽고 깨끗한 음식. 작고 허름한 내 방 안에서 순한 숨을 내쉬는 작은 개. 내게 이렇게 해보라는 듯이. 나는 하얀 개를 따라 누워봅니다. 눈을 감아봅니다. 어수선한 몽상의 이미지를 하나하나 거두어봅니다. 하얗게 지워지는 머릿속. 순하고 느린 숨. 흰빛. 끝으로 나의 두 눈동자를 지워봅니다. 한없이 아름답고 가벼운 여름밤 내 가슴 위를 지나갑니다.

**이문재**

# 오래 만진 슬픔

이 슬픔은 오래 만졌다
지갑처럼 가슴에 지니고 다녀
따뜻하기까지 하다
제자리에 다 들어가 있다

이 불행 또한 오래되었다
반지처럼 손가락에 끼고 있어
어떤 때에는 표정이 있는 듯하다
반짝일 때도 있다

손때가 묻으면
낯선 것들 불편한 것들도
남의 것들 멀리 있는 것들도 다 내 것
문밖에 벗어놓은 구두가 내 것이듯

갑자기 찾아온
이 고통도 오래 매만져야겠다
주머니에 넣고 손에 익을 때까지

각진 모서리 닳아 없어질 때까지
그리하여 마음 안에 한 자리 차지할 때까지
이 괴로움 오래 다듬어야겠다

그렇지 아니한가
우리를 힘들게 한 것들이
우리의 힘을 빼지게 한 것들이
어느덧 우리의 힘이 되지 않았는가

권창섭

# 아이 미스 언더스탠딩

우산을 잃어버리지 않기로 다짐한 사람이 있다
우산을 잃어버리고 집에 돌아가면
고양이한테 혼이 나니까

우리가 눈이 마주칠 때 건네는 인사에
나는 "안"을 더 잘 발음하지만
너는 "녕"을 더 잘 발음하고

그런 우리의 감정에 대해
"상"의 발음은 내가 더 낫지만
"냥"의 발음은 네가 네이티브이고

오늘도 나는 토익 대신 묘익을 공부하지만
대개는 낙제점이라

어렵게 출제한 너와
공부가 모자란 나는
괜히 맘이 좀 그래서
너는 "미안"을 담당하고

나는 "해요"로 마무리한다

몇백년 만에 단 한번
cAt 행성과 HomO 행성의 궤도가 겹치는 찰나에
아주 잠깐
우리는 서로의 언어를 나눌 수 있다는데,

그때는 우리가 함께 있지 못하다면 어쩌지
이미 우린, 상냥한 안녕을 나누게 되어
서로에게
미안한 상태라면

지구는 아마

우산을 잃어버리지 않기로 다짐한 사람이
우산을 잃어버리지 않고 집에 돌아갔다
이날도
고양이에게 혼이 난다

# 이제 나뭇잎 숭배자가 되어볼까?

도끼도 톱도 필요 없다. 나무를 살해하는 간단한 방법은 봄여름에 나뭇잎을 모두 따버리는 것. 나뭇잎들의 노동이 멈추면 나무는 죽는다. 대대손손 뿌리만 파먹고 살 수 있을 것 같은 뿌리 숭배자들이 세상 어디에나 있지만 한 계절만 겪어보면 알게 된다. 햇빛과 바람 속에 온몸으로 나부끼는 나뭇잎들의 역동, 한잎 한잎 저마다 분투해 만들어낸 양분을 기꺼이 모아준 나뭇잎들이 나무를 살린다는 것. 나뭇잎들의 코뮌이 즐거운 노동으로 생기 넘칠 때 나무가 건강해진다는 것. 안녕, 안녕, 인사하는 나뭇잎들의 독자적인 팔랑거림, 한 방향으로 불어오는 바람을 맞이할 때조차 저마다 다른 자세와 기술, 햇빛과 물만으로 양분을 만들어내는 천지창조의 노동자들, 함께 사는 동안 자신이 만든 것을 아낌없이 나누고 때가 오면 미련 없이 가지를 떠나는 여유와 자유. 뿌리 깊은 나무의 뿌리를 지키기 위해 태어나는 나뭇잎은 없다. 가계(家系)의 문장(紋章)에 집착 없는 나뭇잎들이야말로 한그루의 세계를 유지하는 진짜 힘이라는 것.

**이근화**

# 세상의 중심에 서서


도서관을 세웠습니다
사람들이 원하지 않는 책을 날마다 주워 와서
번호를 매기고
뜯긴 책장을 붙였습니다
나란히 꽂았습니다

캄캄하고 냄새가 나서
나는 이곳이 좋아요
조금 더럽고 안락해서
날마다 다른 꿈을 꿉니다

도서관이에요
책들은 하룻밤이 지나면
숨을 쉬고
이틀 밤이 지나면
입술이 생기고
사흘째 팔다리가 태어납니다
나흘째 사랑을 나누고

먼지가 가라앉습니다
나는 뻘뻘 땀을 흘리며
혼자 길고 긴 산책을 합니다
멀리서 책을 한권 또 주워 왔습니다

이번에는 코가 없고
감기에 걸린 놈이었습니다
진심으로 사랑했어요
함께 커피를 마시고
토론을 했습니다
불을 다 끈 도서관에서

우리는 우리는 우리는
세상의 중심에 서서
구멍 난 내일을
헌신짝 같은 어제를
조용히 끌어안았습니다

도서관이었기 때문입니다

그것이 우리였기 때문입니다

* 리처드 브라우티건『임신중절』, "출판사들이 원하지 않는 서정
  적이고, 신들린 것 같은 미국의 저술을 모으는 일 말이야."

**강지이**

# 바다비누


그때 바닷빛은 너무 밝았다


해변에서 웃으며 개와 달리는 아이들
사진을 부탁한 연인이 뒤돌았을 때
하늘 위로 저만치 날아가는 밀짚모자와
누군가가 건물 위에서 바다로
날리는 종이비행기


눈이 부시네


그런데 이건 너무 영화 같은 기억 아니야?


이왕 영화 같은 기억이라면,
좀더 이 앞의 장면들을 생각해보자


우리를 괴롭힌 인간보다
우리는 반드시 오래 살 거야

그러니 우리
일어나지 않은 일에 더이상
얽매여 슬퍼하지
않도록 하자

아니 아니, 이 장면 앞에는
이런 모습들이 있었다

이래서는 너의 자리는 어디에도 없어
바닷속에 손을 넣으면 내 손이 그냥 이대로
녹아 사라져버렸으면 해

파도가 요란하다

테이블 위 물컵이 모서리에서 자꾸만
자
　　　꾸
　　　　　만

흔들린다

이 장면 뒤에는 또 무슨 장면이 있었지?

　밤바다 옆 보도를 함께 걸었다 가로등 불빛이 너무 밝아
무수한 벌레들이 저마다 반짝이고
　여름 바람이 얇은 우리의 옷 사이사이를
　통과한다


　마른 손을 쓰다듬고
　이마를 맞추었다


　우리의 머리 위에서 반짝이는 벌레들이
　계속 궤도를 그리며 움직이고


　눈이 부시네

그런데 어떤 기억들이 슬퍼서 견딜 수 없었던
그런 장면들도 있지 않아?

별 도움 되지 않는 그런 건 잊어버렸어

아직도 마른 가지와 같은 손가락으로 너는
책상을 두드리다 말한다

점심시간이네?

밝지 않은 밖으로
우리는 손을 잡고

점심을 먹으러
나간다

점심을 맛있게 먹을 것이다

**정다연**

# 사랑의 모양


빛이 지나치다.

지나치게 네가 온다.
나는 구멍을 하나 가지고 있다.
언제든 널 숨겼다가 꺼낼 수 있는,

창에 기댄다. 체리처럼 번져오는 노을, 노을을 따라 전속력으로 달려오는 사람, 색색의 플라스틱 빨대들. 그런 건 내가 훔치고 싶은 것이 아니다.

숨기고 싶은 것이 아니다.

물을 튼다.
하루가 정직하게 차오른다.
보고 있어
한번은 말하게 된다.

수도꼭지를 돌리듯 네가 따뜻해진다면 좋겠다.

회오리치는 빗물 배수관의 소용돌이, 합쳐지는 꽃잎과 이
끼들, 구덩이를 가득 채우고 솟아오르는 빛의 입자들이
　너는 아니지만

　흠뻑 젖게 된다.

　기댄다.

　네가 아닐 리 없지.
　그렇지 않다면 이렇게 숨 막힐 듯 가득 찰 리가.

이종민

# 찢어진 페이지

장례를 지내고 돌아오는 길에 맡은 냄새를 기억하고 있습니다.

'아름다운 노을'과 '노을이 아름답다'의 차이를 생각하던 날입니다. 어디선가 묻혀 온 붉은 실이 외투에서 떨어진 날입니다.

허구의 이야기는 존재했거나 일어날 일이라고 믿는 편입니다. 이곳에 있는 모든 이야기도, 읽고 있는 당신에게도 마찬가지로요.

구르는 낙엽을 밟으면 부서지는 소리가 납니다. 완전히 부서지지 않습니다. 그것을 주워서 이 책에 끼워놓았습니다.

오늘 죽은 사람은 내가 죽어야 사라지겠죠. 부서지는 소리가 나면 정말로 부서질까봐 땅을 보며 걷는 습관이 남았습니다.

**임선기**

# 꿈 2


우주에 떠 있었다
호버링 하는 새처럼
날개 없이

꿈에서 깨어났다
꿈은
돌아갈 길 없는 곳

겨울 들판
공중에서 우는 소리 들려
돌아다보니

이름 모를 새 한마리
제자리비행 하고 있다.

김수우

# 신을 창조해놓고도

청개구리 두마리 내 방에 찾아든 날
우기가 시작되고 있었다
죽음은 거미를 닮아 어디서나 집을 짓는 중이다

어쩌자고 저 어린 것들 여기 닿았나
화성 탐사를 하듯 망망대해 우주를 건너
내 방으로 들어선 두마리 초록
등이 선득했다

순수한 초록은 얼마나 날카로운가
들어온 데로 나가겠지, 외면했다 무서웠다
상추도 뜯다가 개밥도 주다가 하루를 지내고
까무라친 한 놈을 모서리에서 발견했다 빗물에 내놓았다
엉금거렸다
괜히 사진첩 들추던 이틀째
한 놈을 찾았다 빗물에 내놓아도 등이 뻣뻣하다

당장 신을 만들었다 신이 필요했다 모래알만 한 기적이

간절했다
　기도했다 살려주세요
　방 안은 수분 한방울 없는 광막한 사하라
　우물을 숨기지 못한 내 영혼이 바삭거린다
　죽음은 원래 알몸이어서 어디서나 집을 허물고 만다

　치명적인 별을 탐사하고 깊은 은하를 건너간 두 우주인
　우기였다 비가 쏟아지고 있었다, 신을 창조해놓고도

　나는 또 어느 우주로 돌아갈 것인가
　안경 너머가 막막해졌다

심재휘

# 높은 봄 버스

　계단을 들고 오는 삼월이 있어서 몇걸음 올랐을 뿐인데 버스는 높고 버스는 간다 차창 밖에서 가로수 잎이 돋는 높이 누군가의 마당을 내려다보는 높이 버스가 땀땀이 설 때마다 창밖으로는 봄의 느른한 봉제선이 만져진다 어느 마당에서는 곧 풀려나갈 것 같은 실밥처럼 목련이 진다 다시없는 치수의 옷 하나가 해지고 있다

　신호등 앞에 버스가 선 시간은 짧고 꽃이 지는 마당은 넓고 '연분홍 치마가 봄바람에 휘날리더라' 그다음 가사가 생각나지 않아서 휘날리지도 못하고 목련이 진다 빈 마당에 지는 목숨을 뭐라 부를 만한 말이 내게는 없으니 목련은 말없이 지고 나는 누군가에게 줄 수 없도록 높은 봄 버스 하나를 갖게 되었다

**최백규**

# 장마철


정학과 실직을 동시에 치르고도 여름은 온다

터진 수도관에서 녹물이 흐르고 장롱 뒤 도배된 신문지로 곰팡이가 번지다 못해 썩어들어간다 기름때 찌든 환풍기를 아무리 틀어도 습기가 자욱하다

깨진 유리병 옆에 버려둔 감자마저 싹을 흘리고 있다 벌겋게 익은 등 근육 위로 욕설을 할퀴고 가슴팍에 고개를 파묻다가
마주 보던 사람이 떠올라서

밀린 급여라도 받기 위해 진종일 공사판 주변을 어슬렁거린다 전신주에 기대앉아 신발 밑창으로 흙바닥의 침을 짓이기고 불씨 죽은 드럼통이나 해진 목장갑만 물끄러미 들여다보기도 한다

숨이 차도록
구름이 낮다

신입생 시절 교정에 벽보를 바르던 선배들은 하나같이 폭
우를 맞은 표정이었다 화난 얼굴로 외치는 시대와 사랑이
고깃집이나 당구장에 널려 있었고 나는 무단횡단할 때보다
용기가 없었다
　후미진 신록 아래 돌아가는 전축에서 이 지상에 없는 청
년이 무심히 젊음을 노래하는데 장송곡을 닮은 우리에게

　여름 바람이 불어와 여름을 실어가고 있었다

　이제 홀로 뒷골목에 남아 뜨거운 눈물을 훔치며
　왜 비가 그쳐도 우리의 장마철은 끝나지 않는가 중얼거
리며

　멍하니 올려다본다

　빚을 남긴 동창의 부음을 들은 것처럼, 낙향한 주검을 눕
혀두고 어색하게 염을 지키던 친구들처럼, 흰 봉투와 갈라

터진 입술의 피와 편육 그리고 아스팔트 위 꺼뜨린 담뱃불
처럼

연풍에도 쉬이 스러지는 밤 그늘이었다

너무 오래 비가 왔다

송진권

# 내가 처음 본 아름다움

　쇠뿔에 고삐 감아 산에다 풀어놓고 나는 골짜기 돌이나 뒤지며 가재나 잡던 것이었는데요 그때쯤이면 앞뒷산 능선들이 앞서거니 뒤서거니 옴팡골 밖으로 풀어져나가는 것이었는데요 워낭 소리가 희미해지다가 드디어 가뭇없어지는 데쯤에서 나는 소를 찾아 나서는 것인데요 잡았던 가재 도로 물에다 풀어놓고 주근깨 송송 박힌 산나리꽃을 쥐어뜯으며 네미 네미 소를 불렀던 것인데요 어둑발 내리는 산골짜기를 허위허위 오르노라니 소는 어디로 갔는지 당최 코빼기도 볼 수 없던 것인데요 희미하니 들리는 워낭 소리를 따라 껑충한 원추리꽃 분지르며 넘어갔을 적엔 퍽이나 커다란 산초나무를 만났던 것인데요 웬 놈의 호랑나비떼가 산초나무에 그리 빼곡하니 앉았는지 더러는 휠휠 날아다니는 놈도 있고 더러는 앉아서 교접하기도 하며 산초나무가 이룬 한세상 꽃밭에다 죄다 입을 박고 꿀을 빠는 것인데 하 그런 장관이 없어서요 나는 소를 찾을 걱정도 다 잊어버리고 신령한 뭔가를 보듯 황홀하게 산초나무를 우러르며 주저앉았던 거였는데요

**조온윤**

# 중심 잡기


천사는 언제나 맨발이라서
젖은 땅에는 함부로 발을 딛지 않는다
추운 겨울에는 특히 더

그렇게 믿었던 나는 찬 돌계단에 앉아
지나가는 사람들을 구경하며
언 땅 위를 혼자 힘으로 살아가는 방법에 골몰했다

매일 빠짐없이 햇볕 쬐기
근면하고 성실하기
버스에 승차할 땐 기사님께 인사를 하고
걸을 땐 벨을 누르지 않아도 열리는 마음이 되며

도무지 인간적이지 않은 감정으로
인간을 위할 줄도 아는 것
혹은

자기희생

거기까지 가닿을 순 없더라도

내가 믿는 신이
넘어지는 나를 붙잡아줄 것처럼
눈 감고 길 걸어보기
헛디디게 되더라도
누구의 탓이라고도 생각 않기······

그런데
새벽에 비가 왔었나요?

눈을 떠보니 곁에는 낯선 사람들이 있고
겨드랑이가 따뜻했던 이유는
그들의 손이 거기 있었기 때문

나는 그들의 부축을 받으며
오랜 동면 끝에 지구로 돌아온
우주비행사처럼 묻는다

광적응이 덜 끝난 두 눈에
표정은 안 보이고
고개만 휘휘 젓는다

가끔씩
나는 나의 고도가 헷갈리고

사람들도 몰래
사람들의 발이
젖어 있곤 했다

**문태준**

# 새와 한그루 탱자나무가 있는 집


오래된 탱자나무가 내 앞에 있네

탱자나무에는 수많은 가시가 솟아 있네

오늘은 작은 새가 탱자나무에 앉네

푸른 가시를 피해서 앉네

뾰족하게 돋친 가시 위로 하늘이 내려앉듯이

새는 내게 암송할 수 있는 노래를 들려주네

그 노래는 가시가 어디에 있느냐고 묻는 듯하네

새는 능인(能仁)이 아닌가

새와 가시가 솟은 탱자나무는 한덩어리가 아닌가

새는 아직도 노래를 끝내지 않고 옮겨 앉네

나는 새와 한그루 탱자나무가 있는 집에 사네

**최지인**

# 기다리는 사람

회사 생활이 힘들다고 우는 너에게 그만두라는 말은 하지 못하고 이젠 어떻게 살아야 하나 고민했다 까무룩 잠이 들었는데 우리에게 의지가 없다는 게 계속 일할 의지 계속 살아갈 의지가 없다는 게 슬펐다 그럴 때마다 서로의 등을 쓰다듬으며 먹고살 궁리 같은 건 흘려보냈다

어떤 사랑은 마른 수건으로 머리카락의 물기를 털어내는 늦은 밤이고 아픈 등을 주무르면 거기 말고 하며 뒤척이는 늦은 밤이다 미룰 수 있을 때까지 미룬 것은 고작 설거지 따위였다 그사이 곰팡이가 슬었고 주말 동안 개수대에 쌓인 컵과 그릇 들을 씻어 정리했다

멀쩡해 보여도 이 집에는 곰팡이가 떠다녔다 넓은 집에 살면 베란다에 화분도 여러개 놓고 고양이도 강아지도 키우고 싶다고 그러려면 얼마의 돈이 필요하고 몇년은 성실히 일해야 하는데 씀씀이를 줄이고 저축도 해야 하는데 우리가 바란 건 이런 게 아니었는데

키스를 하다가도 우리는 생각에 빠졌다 그만할까 새벽이
면 윗집에서 세탁기 소리가 났다 온종일 일하니까 빨래할
시간도 없었을 거야 출근할 때 양말이 없으면 곤란하잖아
원통이 빠르게 회전하고 물 흐르고 심장이 조용히 뛰었다

암벽을 오르던 사람도 중간에 맥이 풀어지면 잠깐 쉬기도
한대 붙어만 있으면 괜찮아 우리에겐 구멍이 하나쯤 있고
그 구멍 속으로 한계단 한계단 내려가다보면 빛도 가느다란
선처럼 보일 테고 마침내 아무것도 없이 어두워질 거라고

우리는 가만히 누워 손과 발이 따듯해지길 기다렸다

신철규

# 내 귓속의 저수지

귓속에
저수지 하나가 들어 있다

저수지 위를 떠가는 구름
입술이 파래질 때까지 멱을 감고
둑 위에 매어놓은 어미 소가 송아지를 부른다
논물 보고 돌아오는 아버지의 경운기 소리 들린다

돌팔매 하나가 떨어져도
물수제비 하나가 스쳐도
터져나올 듯
허물어질 듯

깨금발을 뛰어도
귓바퀴를 손바닥으로 때려도
물이 나오지 않으면
뜨거운 다리 난간에 귀를 대고

호박똑딱 귀신아, 내 귀에 물 내라.

호박똑딱 귀신아, 내 귀에 물 내라.

호박똑딱 귀신아, 내 귀에 물 내라.

**김유림**

# 우리가 굴뚝새를

　버려도 되는 것과 버리면 안 되는 것. 그것은 같은 것이다. 유림은 고개를 들어 굴뚝을 보았다. 굴뚝은 그 자신의 자리에 있었지만 오늘 처음 발견되었다. 유림에게. 유림은 집에서 나와 먼 길을 가야 할 때 가야 하는 길을 걷고 있다. 그 길에는 오래된 집이 하나 있는데 너무 오래되어서 집으로 보이지 않는다. 그러나 그것은 집이다. 유림은 그것을 알고 가끔은 그것을 이루는 벽을 집으로서 바라본다. 예를 들면 이런 것이다:

　벽은 별달리 할 수 있는 게 없지만 벽과 만나는 양철 지붕은? 고양이의 거처다. 한낮의 고양이 한마리가 거기 있다. 고양이가 동네 맛집으로 알려진 스시집 뒤편에서 낮잠을 자기도 한다. 여유로운 고양이가…… 낮잠을 자다가 지나가는 사람들을 쳐다보겠지. 그러나 모른다. 고양이의 졸린 눈과 마주친 어느 날의 거리에는 유림만 있거나 유림과 유림과 동행하는 이가 있을 뿐이다.

　또 예를 들면 굴뚝 같은 것이다. 굴뚝은 오래된 아이보리

색 벽돌 건물의 외벽에 붙어 있다. 나는 왜 나아가고 있다고 느끼면서도 정체할까, 유림은 그런 고민을 금세 잊는다. 동행하던 사람은 슬리퍼에 돌이 들어가서 잠시 멈춰 섰고 유림의 시점에선 그것도 일종의 멀어짐이다. 왜 이럴까, 날이 덥고 별안간 굴뚝이 보인다. 오래전부터 분명 있었을 터. 오래전부터 분명 있었을 굴뚝이 보이자 굴뚝 옆에 그리고 높이 붙어 있는 '목욕탕' 세 글자가 보인다. 이 건물은 목욕탕이었지만

지금은 목욕탕이 아니라는 걸 이제 유림이 안다. 유림은 그 건물의 앞으로도 옆으로도 뒤로도 지나갔었다. 뒤로 돌아가서 옆으로 비켜서면 공용주차장이 있다. 공용주차장에는 자갈이 있고 모래가 있다. 비가 오면 모래가 젖어서 모래먼지가 덜 날린다. 그는 지나가고 지나갔다가도 잊어버린 물건을 찾아서 길을 되짚기도 한다.

앞에서 보면 목욕탕이었지만 지금은 목욕탕이 아닌 건물은 아주 익숙하고 아주 익숙한 모습으로 종암동의 한 거리

를 이루고 있다.

거기 스시집의 정문이 있어 때때로 불을 밝히거나 밝히지
않는다.

대문을 열고 사람이 나와 고양이를 쫓으려고 막대로 사방
을 두드린다. 그런 것. 그런 사람과 고양이가 있는 지점과는
거리가 있었지만 나는 얼마간 그들의 일부였다. 나는 부드
럽게 걸어가고 있었고 아무것도 의식하지 못했지만 대체로
기분이 괜찮았다. 그 사실을 알고 있는 동행자는 방울꽃을
보아도 방울꽃을 본 것 같지가 않고 넝쿨장미를 보아도 넝
쿨장미를 본 것 같지가 않다. 보아도 이름을 몰랐을 것이다.

신동호

# 끝없이 두갈래로 갈라지는
# 길들이 있는 정원*

지쳤거나 심심하거나, 새로운 기분이 필요하거나, 그저 발길 닿는 대로였거나, 강북 어디를 돌고 돌아 집이었는지 길이었는지, 오늘이었는지 먼 훗날이었는지, 공간이었는지 시간이었는지 간에.

창문여고를 지나 장위동 방향으로 오른쪽 길을 올라가는 172번 버스는 종로경찰서 앞에서 탄다. 사십년 전 어디메, 기름 자국이 밴 봉지를 들고 아버지가 오셨는데, 춘천에 생긴 원주통닭집 길모퉁이 어디에서 돈을 세어보고 계실 거 같은 장위동. 하계동 장미아파트에서 내려 지하철 7호선으로 갈아타는 그 자리가 큰딸이 태어나던 시절 살던 하계시영아파트 6동 앞이다. 성북역에서 출발하는 마을버스 기사께 차비 오십원이 부족해 절절매던 날들이 마치 지금 같아서 등골에 진땀이 밴다. 거기서 만성 원형탈모증에 시달리며 살았다. 동전만 한 가난도 버릇일지 모른다.

사연 없이 목적지에 닿을 수 있을까. 비가 오거나 눈이 내릴 텐데. 창밖 국숫집들, 짬뽕집들이 부르는 노래를 들어보

135

았다면, 진흙으로 귀를 막고. 111번 버스에 손을 묶고 눈을 가린 채 종로6가, 고대 앞, 종암동을 지난다. 고대 망각주는 스무살 폭풍을 감금하던 키클롭스의 술통에서 건져 왔던 것. 무교동을 출발한 항해는 의정부라는 돌풍을 만나 번번이 수락산역 3번 출구에서 난파되었다. 되찾아야 하는 것은 민주주의였는데, 민주라는 이름을 가진 당신이 홀로 아름다웠음을 애석해한다.

　은밀한 익명. 사명감, 책임감, 무게의 은폐. 이런 문장을 본 적이 있다. '황석영을 통해 몰랐던 세계를 알았고 분노했으며, 김지하에게서 시대의 슬픔을 보았고 시대와 나를 동일시하는 법을 익혔다. 이문열은 아련했다. 이상하게도 아련함 때문에 견딜 수 없었고, 지금도 이해할 수 없는 지점이 거기다. 아련함 때문에 세상을 바꾸고 싶었다.' 분노와 슬픔은 거리에 던져버릴 수 있으나 아련함은 자꾸 줍게 된다. 시청 앞까지 셔틀버스를 타고 세번의 건널목을 뛰어, 장비의 눈물 어린 장팔사모를 휘두르며, 명동을 홀로 뚫고 지난다. 산둥의 말소리와 호객꾼의 외침, 네온사인과 맞붙어 4호선

명동역까지, 자룡 조운의 세련된 창 솜씨에 주눅 들어, 늘 술에 젖어.

밤의 시간은 언제부터 도착이었는가. 단 한번의 사냥을 위한 완벽한 휴식. 낮의 시간은 언제부터 방랑이었는가. 문을 통해 들어가는 중이었던가, 나가는 중이었던가.

* 보르헤스의 소설 제목을 따옴. 보르헤스는 시간이 탑이나 기둥처럼 독자적으로 솟아 증식한다고 했다. 흐르지 않았다.

**송경동**

# 우리 안의 폴리스라인

이제 그만 그 거대한 무대를 치워주세요
우리 모두가 주인이 될 수 있게
작은 사람들의 작은 테이블로 이 광장이 꽉 찰 수 있게

이제 그만 연단의 마이크를 꺼주세요
모두가 자신의 말을 꺼낼 수 있게
백만개 천만개의 작은 마이크들이 켜질 수 있게

이제 그만 집으로 돌아가라는 친절한 안내를 멈춰주세요
나의 시간을 내가 선택할 수 있게
광장이 스스로 광장의 시간을 상상할 수 있게

전체를 위해 노동자들 목소리는 죽이라고
소수자들 목소리는 불편하다고 말하지 말아주세요
부분들이 행복해야 전체가 행복해요

어떤 민주주의의 경로도 먼저 결정해두지 말고
어떤 역사적 사회적 정치적 한계도 먼저 설정해두지 말고

오늘 열린 광장이 최선의 꿈을 꿔볼 수 있게

광장을 관리하려 하지 말고
광장보다 작은 꿈으로 광장을 대리하려 하지 말고
대표자가 없다는 말로 오늘 열린 광장이
어제의 법과 의회 앞에 무릎 꿇지 않게 해주세요

위만 나쁘다고
위만 바뀌면 된다고도 말하지 말아주세요
나도 바꿔야 할 게 많아요
그렇게 내가 비로소 나로부터 변할 때
그때가 진짜 혁명이니까요

**이용훈**

# 곰이 물구나무서서


숲 입구에 사내가 서성이고 있다 곰은 숲속 깊은 곳으로 이 계절 마지막 소풍 가고 싶다 하는데 의자에 엉덩이를 붙이지도 못하고 일어설 수도 없어서 숲 입구만 읽고 있다 사내의 배를 걸어차고 반쯤 남은 소주병을 던져버리면 입구가 열릴까? 당장이라도 떠나라고 수신호를 보내고 싶지만 그들의 언어가 엄연히 다르기에 곰은 방에 앉아 배낭에 옷가지를 넣는다 내일은 동물원에 등록하려고 일주일 단기과정, 영장류의 언어를 배울 수 있는 절호의 기회, 맴도는 언어를 익혀보세요, 여러분은 늦지 않았습니다, 실업자 우대, 배웁시다, 배워서 남 주나요, F-4 비자 발급(절지동물 가능), 전화 상담 환영, 방문 전 전화는 필수 빨간 티셔츠와 꿀단지만 있으면 행복했던 곰, 이제는 줄자와 각도자도 잊지 않으려고 촛불을 어디다 두었더라 읽던 책이 어둠 속으로 묻히고 엉켜 있는 나뭇가지와 새소리가, 바위틈에서 숨 쉬던 이끼가, 잠을 자려고 오솔길 막다른 곳 곰이 물구나무선다고 문이 될 수 없듯이 더이상 숲이 궁금하지도 않고 아무것도 바라지 않아도 된다고 곰은 읽던 책을 거꾸로 세운다 책을 쌓고 그 위에 쌓는다 내일은 조금 일찍 일어나야 할 것 같아 도

면을 그려야지 망치를 던져버리고 연필과 지우개를 챙길 거
야 줄자만 들고 다녀야지 곰도 구르는 재주가 있다고

유혜빈

# 낮게 부는 바람


그건 정말이지

한 사람이 한 사람을 잠들도록
한 사람이 아무도 모르게 잠들 수 있도록
이마를 쓰다듬어주는 일이야

늦은 여름 아침에 누워
새벽을 홀딱 적신 뒤에야
스르르 잠들고자 할 때

너의 소원대로 스르르
잠들 수 있게 되는 날에는

저 먼 곳에서
너는 잠깐 잊어버리고
자기의 일을 열심히 하고 있는 사람이 하나 있는데

그 한 사람이 너를 잠들게 하는 것이라는 걸

멀리서 너의 이마를 아주 오래 쓰다듬고 있다는 걸

아무래도 너는 모르는 게 좋겠지

**전욱진**

# 리얼리티

시간을 여행한다
영화에서 그랬다

앉아 있는 나는 저렇게
먼저 다녀온 다음에
말해줄 수 없겠지

미래의 불행을 막으려고
사랑하는 이의 생명을 지키려고
눈에 보이는 선한 의지까지도
여기 앉은 나한테는 없는 것

이미 일어난 일의 주변을 서성이며
돌이킬 수 없다는 것은 정말 그래
회상을 통해 더 잘 알게 되었다

영화 속 사람들은 끝내
불가능한 일들을 해내고

가장 긴요한 역할을 수행해낸
한 사람의 내레이션이 들리고

그렇게 이 모든 일은 과거가 되어간다
화면 밖으로 영화가 길게 이어진다면
그들은 이를 추억이라 부를지 모른다

이게 벌써 십년 전이구나
같은 영화를 열번쯤 보는 나는
플래시백이라는 기교를 부려본다

과거를 다시 돌보아
현재를 돕고 싶지만

감정의 고조는 이제 없어
눈 감고 누우면 그래도 잠이 왔다
지키지 못한 것을 지켜내는 것은
꿈에서나 그랬고

**정호승**

# 집을 떠나며

빈집이 되기 위하여 집을 떠난다
집을 떠나야 내가 빈집이 되므로
빈집이 되어야 내가 인간이 되므로
집을 떠나면서 나는 울지 않는다

집과 사람도 언젠가 한번은 이별해야 한다
어제는 내가 집을 떠났으나
오늘은 집이 나를 떠난다
나는 집을 떠날 때 집을 집에 두고 떠났으나
집은 나를 떠나면서 나를 버리고 떠난다

강가에서는 물고기가 강물을 떠난다
물속에 살면서도 목이 말라 뭍으로 떠난다
때로는 강물이 물고기를 떠난다
빈집이 되기 위하여
새도 나뭇가지를 떠난다

나의 빈집에는 이제 어머니도 나도 없다

나의 빈집은 바람이고 구름이다
집을 떠나며 내 목숨의 그림자도
나를 떠난 지 이미 오래다

유수연

# 미래라는 생각의 곰팡이

공동묘지엔
비공동체적 침묵이 존재한다

윗부분만 깎은 사과를
서로 나눠 먹는 동안
너무 익은 분말 같은 속살을 씹는다

여기에
온몸을 납작 엎드리는 인사는 누가 시작했을까
슬픔은 일종의 세리머니
승기를 올리듯
썩은 것엔 곰팡이가 피듯

시체는 깨진 체온계

붙잡고 종일 울 것 같지만 만지기도 꺼려지는 것
이미 부풀어 오르고 싹이 난 감자가 되고
살았던 것보다 길게

그런 긴 환상을 잊을 만큼 따분한 상태였다

시체에게
영혼은 철 지난 상상일 뿐이고
여름은 무성한 잡초를 키울 뿐이니까

도려내고 싶다 사과에 난 곪은 상처처럼
깨물어 뱉어버리고 싶다 상자 밑 사과처럼
그만 멍들지 않게
남은 사람은 슬픔의 테두리를 도려내 버려야지
붉음
개가 꾸지 못하는 색깔의 낮잠처럼
살짝만 좌절하고

자는 개를 깨우면
개의 표정도 경멸을 담을 수 있음을
그걸 보고 웃는 인간을 이해하려는 노력으로

괜찮다는 마지막을 남기고
계속해 시체가 되는 버그가 있다

이해한다

성장하는 건 역시 끔찍한 것이군
멋쩍은 듯 던져진 것이
종일 땅으로 떨어지지 않았다

**여세실**

# 공통감각


과천역에 내렸다 우리 서울대공원에 가려고 한 거다
동물원은 닫혀 있었다


철창 위로 올라가면
어둠 속에서 빛이 떠오르는 걸 볼 수 있었다
그것이 짐승의 눈인지
깨진 알인지 한참을 바라보았다


철창 밖의 동물원, 슬픔도 없는 식물원


우리를 열면 슬금슬금 기어나오는
사랑이라는 말을


다른 언어로 말해보려고 했다
나 다른 게 될 수 있을까


밀알 하나가 굴러와, 구린내를 풍기며 굴러와, 나를 가로
질러 굴러와


151

나는 내가 아닌 누군가를 위해 태어난 것 같아
우리 모두 비슷한 줄무늬를 가지고 있었다
하나가 울면 다른 하나가 따라 울고

사방에서 울음소리가 섞여 들렸다
깃털이 날렸다
아름답다고 말하고 나면 사라지는
내 옷깃을 잡아당겼다 언제나 네 손가락은 축축하고

약속이니까
잘 하자 꼭 하자

같아 보이는 웃음이어도
몇번이고
다르게 말해볼 수 있는 뒷모습이었다

친구가 될 수 있을까 우리 친구가 되자

그렇게 말하는 순간 친구 할 수 없게 되니까


첫차를 기다리며

땀을 흘렸다

커다랗게 입을 벌렸다 다다르려면 아직 한참 남았다고

했다

이동우

# 꿰맨 자국

누구의 것일까, 물에 잠긴 이 꿈은

바닷물이 빠지자 잠든 나무가 깨어난다 조수가 갯벌에 음
각한 가지마다 푸른 감태가 무성하다
탄피가 수북했던 숲, 멸종위기종이 많은 습지였다

수술 자국을 만지며 내다보는 창밖, 갯벌 한복판을 가로
막는 가시철조망이 설치되고 있다
살을 파고들던 바늘의 냉기, 물뱀처럼 감기던 실, 형광등
빛이 흔들린다

생살 양 끝, 실매듭이 벽을 잡아당긴다 팽팽해진 꿈은 늪
처럼 한발 한발 내디딜 때마다 발목을 잘라먹고
철사에 감긴 가로수를 본 적 있다 움푹 파인 곳은 꿰맨 자
국 같았다 비명이 허우적대고 있었다

목발이 삐끗할 때면 바닷물이 출렁거렸다 총성이 파도 소
리에 박혔다

갯고랑을 휘감으며 쇠가시가 넝쿨로 자랐다 농게가 집게
발을 들어 잘리지 않는 것을 자르려 했다 어둠이 달려들었다

덤프트럭이 인근 산들을 가시철조망 안으로 들이부었다
갯메꽃밭에 설치된 경고판
녹물이 샌다, 누구의 꿈인지 모를 꿈속으로

## 손유미

# 동시에 일어나는


　이제 막 읽기 시작한 책의 표지에는 바닷가를 걷는, 다 벗은
　한 사람이 있다 그러나 원래 이 그림에서 그는 혼자는

　아니었다 바다 수영을 마치고 허청허청 물을 빠져나온 그
는 닦을 수건과 소금기 게워낼 물을 찾으며 '아 이 개운함과
노곤함을 유지하며 바라봐야지 이런 자세로 살아내야지' 하
며 벅차오름을 느끼고 있었는데 그런 그를 혼자 두지

　않고 멀리서 다가오는 이가 있었으니 저이는 마침 죽은
사람이었다 그렇다면 죽은 이에게 알은체하는 방법은……?
그는 그런

　고민에 빠지고 그런 그를 기다려주지 않고 죽은 저이는
계속 다가오고 있었다 단정한 옷차림 생전의 모습 그대로
오히려 그가…… 더 죽음에 가까워 보일 정도로 그러나 그
런 것과 상관없이 그는 인사를 건네기로 마음먹었다 죽었다
는 이유로 생전부터 유지한 인심을 잃을 순 없는 노릇 아닌

가! 그는 죽은

저이에게 건네도 예의에 어긋나지
않는 인사말 몇개를 떠올렸고
기꺼이 인사를 나누었는데,

이 표지는 그 장면을 잘라내고
그를 혼자로 남겨두었다

영원히 혼자 죽음만큼
혼자서만 할 수 있는 일에 대해 말해볼까

바다 바깥에서 꾼 꿈에 대하여
아무래도 혼자 꿈은 혼자 죽음 같은

꿈속에서 그 사람은 돌아오고 있었다 헤엄치는 자세로 마
른 풀숲을 헤치며 하지만 분명한 걸음걸이 그렇지 그는 돌
아오고 있구나 불명예로부터 죽음 시도로부터 멀리서도

저, 덮은 책 같은 표정을 나는 읽을 수 있구나

요의를 느꼈다 살아 있다는 걸 알았다
나는 안전하게 그를 볼 수 있었다

언제까지 혼자여야 한단 말인가!
그가 이 정도 말은 할 만하다

다른 책을 펼칠 때에도 그는 헤엄치듯 있었다
바닷물이 모두 말라 소금을 하얗게 덮을 때까지

꽤 괜찮은 개정판이 벌써 나온
옛날 책처럼 서 있어라

그 사람을 오래도록 세워둔다
살아 있음 안팎에서

주민현

# 도토리묵

도토리로는 국수를 만들 수도 있고
묵사발을 만들어버릴 거야,
간밤에 한 사람이 엉망으로 만든 거리로

유리가 깨지고 파편이 흩어지고
그 위로 눈이 섞여 내렸어요, 맑은 아침

청소 구역을 정확히 지키는 것이
우리만의 암묵적인 룰,
빌딩 청소부로 고용되어 내내 세상을 훔쳐요

사거리 드넓은 풍경을 훔치고 걸레를 훔치고 커피 향기를
훔치고
십육층 팔층 오층 외로운 사람들의 노래와
담배 연기를 훔치죠
거리를 맑게 부수는 햇빛과 사각 창 안에서 눈을 감아요

세상은 부서진 브라운관이에요

홈비디오 속 푸릇한 아이들은 자라
도둑과 사냥꾼, 부정한 공무원이 되어가죠
흥얼흥얼 라디오 음악 속에서

불법 촬영을 하는 시민과 정오와 체포와
그리고 어디에선가 총기가 발사되고
2100년에는 제주의 겨울이 사라진다네요

세상의 이야기가 모이는
화장실에서는 기분이 좋아요
부끄러운 것이 빙글빙글 사라지니까요
우리의 전부였다가 아무것도 아닌 것이 되는 것들

세상을 이루는 건 그런 것들

옛날 영화 속에서는
내내 얻어터진 권투 선수가
일어서며 주먹을 다시 부딪칩니다

묵은 중금속 해독에 좋고
갈라도 다시 네모반듯하게 일어서고

네모난 건물 창문을 한입 잘라 먹으며
남모르게 세상의 비밀을 수집해요

소문과 이야기 너머로
습, 습, 숨을 들이쉬면
한꺼번에 나쁜 냄새가 피어오릅니다

**정끝별**

# 모방하는 모과

모과 낙과를 생각하며 모과나무 아래를 서성이다

모자란 모과 낙과를 모과나무 뿌리 가까이 모아두는 마음

모과 낙과는 늦된 가을장마에 얼굴을 떨구고
모과 낙과는 흙에 얼굴을 묻고 눈과 귀를 묻고

몇개나 남았을까, 단풍 든 잎들 뒤에서 노랗게 익어가는
모과를 헤아려보다

넌 고집 센 고독이구나, 그러니 저만치의 징검돌이겠구
나, 기꺼이 모과에게 손 내밀어보다

모과나무가 떨군 모과 하나를 방에 들여놓고 모과 향기에
부풀던 그 가을을 기억하는 내내

긴 기다림에, 바닥을 친 모과가 멍들었다

마지막 모과가 떨어진 겨울부터
　모과잎이 돋고 연분홍 모과꽃이 피고 다시 마지막 모과가
떨어지기까지

　모과는 모과라서
　모과는 모방하는 이름이라서

　끝났으나 끝내지 못한 채
　다른 사랑의 후렴을 모방하듯

　오늘도 모과나무 아래를 서성이는 마음

유현아

# 토요일에도 일해요

아직도 토요일에 일하는 곳이 있어요?
라는 질문에 대답해야만 했어요

계절을 앞서가며 미싱을 밟지만 생활은 계절을 앞서가지
못했지요

어느 계절에나 계절 앞에 선 그 사람이 있어요
숙녀복 만들 때에도, 신사복 만들 때에도, 어린이복 만들
때에도
익숙한 손가락은 미싱 바늘을 타고 부드럽게 움직였어요

단 한번도 자기 옷이라 생각하지 않았다고 해요

여름엔 에어컨을 틀기 위해, 겨울엔 난방기를 틀기 위해
창문을 닫았어요
떠다니는 실밥과 먼지와 통증 들은 온전히 열려 있는 창
문 같은 입으로 들어갔어요

바늘로 찌르는 것 같은 통증이 그의 몸 여기저기서 튀어
나왔고
가끔은 미싱 바늘이 검지를 뚫고 지나가는 경우도 있었다
고 해요

일요일이 즐겁기 위해 토요일에 일해요,라고 대답했어요
끝에는 끝이 없었다고 답하고 싶었지만

공장은 사라진 것이 아니라 숨어 있어 안 보일 뿐이에요
익숙하지 않은 토요일의 무게감에 갇혀 있는 것 같아요

그러면 우리는 어떻게 해야 할까
씩씩하게 명랑하게 아픔을 이야기하는 그의 입 앞에서

**채길우**

# 미역국


기계가 오랫동안 정성을 다해 쇳물을 붓고
열기를 담가둔 거푸집의 포장이 풀리자
새로 태엽 감긴 작은 로봇이
잡음을 내며 돌아가기 시작한다.

일그러진 복제물을 품에 안으며
기계는 설계를 닮기 위해
하얗고 투명한 소리와 액체를 짜내고
로봇도 톱니를 맞물리며 기계를 따른다.

서로를 연결해주던 전선이 뽑히고
콘센트 구멍은 막혀서
기계와 로봇은 분리된 채 각자의
서로 다른 주기와 임무를 가지게 된다.

한번 정해진 방향을 거슬러 되감을 수 없는 태엽이
고장나거나 완전히 풀릴 때까지
로봇은 짜고 비린 윤활유로 스스로를 적셔가며 기계처럼

크고 살아 있는 제품이 되기 위한 회로를 엮어갈 것이다.

잠시 작동을 멈춘 로봇이 절전 상태로 대기하는 사이
기계는 지치고 삐걱거리는 엔진을 식히기 위해
누런 기름 사이에 떠 있는 미지근하고 미끄러운
석유 한덩이를 녹슨 지렛대로 건져 먹는다.

황유원

# 양들은 한가로이 풀을 뜯고*

양들은 한가로이 풀을 뜯고
그 풀이 뚝, 뚝
끊기는 소리

양들은 한가로이 풀을 뜯고
왼손으로만 피아노를 치던 피아니스트의 굽은 오른손은
불어오는 바람에 서서히 펴져
나무처럼 자라오른다

양들은 한가로이 풀을 뜯고
이제는 한가한 게 어떤 건지도 잘
모르게 된 나는
저 양들을 보며 비로소 무언갈 깨달아간다

양들이 한가로이 풀을 뜯는 연주는 얼마나 놀라운가
풀 한포기 없는 방을 풀밭으로 만들어놓고
천장을 본 적 없는 하늘빛으로 물들이는 이 연주는,
머릿속을 점령한 채 계속 날뛰는 무가치한 생각들을

스르르 잠들게 하는 이 연주는!

음악은 연주와 더불어 잠이 들고
양들도 이젠 다들 풀밭에 무릎 꿇은 채 그만
잠이 들어
풀 뜯는 그 모습 더는 보여주지 않지만
나는 이제 한동안 음악 없이도 양들이 한가로이 풀 뜯는
모습
머릿속에 그릴 줄 알게 된다

양들은 한가로이 풀을 뜯고
나는 그 풀이 된다

* 바흐 「사냥 칸타타」 BWV 208에서.

김해자

# 시간을 공처럼 굴리며


책상 앞에 꼿꼿이 앉아 있는
딸아이 시선이 먼 데 가 있다
아직도 근무 중인가 독서대에 세워진 책을 투과하여
벽을 째려보는 것 같다

열린 문틈으로 가만히 들여다봐도
서울에서 온 달마는 미동도 없다
물속을 헤엄쳐 다니는 물고기가 물을 개의치 않듯
공중을 날아다니는 새가 허공을 문제 삼지 않듯

한국사와 동아시아사와 세계사를 편집하고 교정하고, 문
제를 만드는 선생들과 상사와 상사의 상사에 둘러싸여, 이
미 나왔던 문제와 아직 안 나온 문제, 적당히 풀지 못할 역사
의 문제와 문제의 문제를 붙들고 씨름하던 딸은 시방 면벽
(面壁) 수행 중, 무한대($\infty$)를 눕혀놓은 듯한 8년 8개월, 문제
만 만들다 어느 날 갑자기 문제를 때려치웠다

텅 빈 벽,

벽관(壁觀)을 마친 달마가 벽을 향해 모로 누웠다
이불에 친친 감긴 그는 와선 중
방문 반쯤 열어두고 창문도 활짝 열어둔 채

지붕 아래선 갓 깨어난 참새 새끼 삐악대는 소리
꾸우꾸욱 방점 찍어 산비둘기 울고 간 뒤
새끼 없는 뻐꾹새도 이따금씩 울어대는데

아무 소리가 없다 시계를 벗어던진 딸아이는
아무래도 나보다 한 수 위
시간을 공처럼 굴리며 노시는가

# 엽서
소녀에게

지난해 당신이 주고 간 도토리들은
상수리나무가 되는 대신 노래가 되었습니다
손바닥에 쥐고 있으면
바람이 달려와 먼 곳의 이야기를 전해줍니다

당신은 눈이 쑥 들어간 할머니가 되어서는
하늘도 땅도 없는
어둠 속에 혼자 있다고

팔월의 하늘에는 푸름이 떠돌고 있습니다
고추잠자리가 그 위로 날아다니며
여름 해의 은실을 모으고요
나무들은 문제없습니다
그늘에 새로운 이끼들을 키우고 있습니다

당신이 주고 간 도토리 속에서는
달이 다이아몬드로 굳어가고
별들이 오팔처럼 그윽해지다가 그대로 오팔이 됩니다

밤의 새들은 빈 들판의 돌이 되어 잠들고
아침이 되면 참새가 되어 몰려다닙니다

저는 당신을 기다릴 겁니다
할머니가 된 당신이어도 좋아요
이 존재의 축제 속에서

**강우근**

# 또다른 행성에서 나의 마음을 가진
# 누군가가 살고 있다

내게 찾아온 것들이 가끔은 믿기지 않을 때가 있지.

　내 방 책상 위를 올라가기를 즐기는 고양이가 우리 집 앞을 서성거렸던 오후와
　서랍의 엽서를 꺼내면 이국의 바다에서 나에게 미소를 짓던 사람의 파란 눈동자를 떠올릴 수 있는 여름같이

　그렇게 어떤 하루는
　믿을 수 없는 마음으로 누군가 내게 남긴 선물 같지.

　비가 올 때 듣고 싶은 가수의 노래처럼, 닿을 수 없는 이야기가 서로를 마주 보는 아름다운 책처럼

　나는 우연히 떠오르다가
　빛을 내면서 사라지는 것들의 목록을 적고

　그건 또다른 행성에서
　나의 마음을 가진 누군가가 보내는 신호 같지.

"방금 공원을 지나는 너를 보았어."

나는 낮잠에서 깨어나
오랜 친구의 전화를 받으며 창문 너머의 햇빛으로 손을
내밀고

어딘가에서 자신을 낮게 부르는 목소리에 깨어난 사람들
이 보인다. 나는 불빛이 멈추지 않는 이 행성을 걸어 나갈 수
있지.

다가갈수록 꺼지고 멀어지기만 하는 불빛을 향해. 뒤를
돌아보면 내가 모르는 불빛이 하나둘씩 켜지는 이상한 거리
에 서서

**남길순**

# 낮 동안의 일


오이 농사를 짓는 동호씨가 날마다 문학관을 찾아온다

어떤 날은 한아름 백오이를 따 와서
상큼한 냄새를 책 사이에 풀어놓고 간다

문학관은 날마다 그 품새 그 자리
한 글자도 자라지 않는다

햇볕이 나고 따뜻해지면
오이 자라는 속도가 두배 세배 빨라지고

화색이 도는 동호씨는 더 많은 오이를 딴다

문학관은 빈손이라
해가 바뀌어도 더 줄 것이 없고

문학을 쓸고

문학을 닦고

저만치 동호씨가 자전거를 타고 오고 있다
갈대들 길 양쪽으로 비켜나는데
오늘은
검은 소나기를 몰고 온다

문학관을 찾은 사람들이 멍하니 쏟아지는 비를 보고 있다

지붕 아래 있어도 우리는
젖는다

**정우영**

# 동백이 쿵,

쿵쿵 떨어졌다. 한밤중에.
그 진동 어마어마하여 화들짝
깨어나 민박집 마당으로 나간다.


여진은 없다. 붉은 꽃숭어리들이 여기저기 다소곳이 앉아
있을 뿐. 마치 소피보는 것처럼. 미안해요, 일 보세요. 속으
로 민망해하며 눈 돌렸으나. 저 꽃들 이미 여길 벗은 전신들,
무슨 순환이 더 필요하겠나.


쭈글치고 앉아 한분 한분 토닥였다.
사느라 애썼다고, 가서 편안하시라고.
꽃이라고 하여 어찌 고통이 없겠는가.
땅은 썩어가고 햇볕이 불덩어리라면.
나오느니 신음인데 하염없이 목은 탄다면.

환멸을 견디느라 물든 심장들 어루만진다. 붉게 젖은 슬

픔이 손바닥 타고 올라 퍼진다. 떨리는 입 들어 하늘에 고하려다 접는다. 찬찬히 둘러보니 다들 묵언참선 중. 꼿꼿이 말라가며 심은 발원들 환히 맺히소서. 한걸음 물러나 읍하고 들어오는데 시큰한 향이 방 안까지 따라와 고물거린다.

   본래 없던 향기마저 터뜨려 경각 들추는
   꽃들, 저 꽃들에게 나는 무엇일까.

**한재범**

# 다회용


본인이 죽은 걸 인지한 생물만 귀신이 될 수 있다고 한다 친구가 말해주었다 너 대체 어쩌다 그랬니 탄산수를 꼭 컵에 따라 마시던 친구다 속에 담긴 것이 빠져나가는데

친구와 나는 옥상에 있다 녹색 페인트가 칠해진 옥상이다 이곳 옥상은 방수라고 들었다 녹색이라 눈이 편하고 한쪽에는 식물을 기르는 사람도 있다 이미 죽은 줄도 모르고

식물은 여전히 푸르다 거미줄이 쳐져 있고 그 위로 죽은 거미가 놓여 있고 식물은 여전히 푸르다 옥상에 그가 물을 뿌린다 자신이 마시던 컵의 물을 화분에 쏟고

그는 이제 없는 사람이다 나는 화분 옆에 남겨져 촘촘하고 아름다운 도시에 놓인 그를 본다 가만히 옥상에 서서 손에 들린 컵을 계속 든다 컵은 녹색이며

녹색은 친환경적이다 화분은 언제부턴가 옥상에 있다 무엇도 스며들지 않는 푸른 옥상이다 친구는 언제부터 나의

친구였을까 이것을 비워야 한다 사람이 오기 전에

　음료수를 마시는데 칼로리가 없다
　맛있는데

# 이토록 다채로운 미래

희망과 전망이 그 어느 때보다 절실한 요즘이다. 비관에 익숙해진 나머지 우리가 비관하고 있다는 사실조차 잊어버리기 쉬운 지금, 우리에게 시는 특별하고도 소중하다. 시란 다른 세계를 꿈꾸도록 하며, 우리가 상상하지 못한 세계를 우리 앞에 출현시키기 때문이다. 세계의 가능성을 개진하는 것이야말로 시가 가장 잘하는 일이다. 한권의 시집은 하나의 세계에 준하는 것이고, 한권의 시집을 읽는 일은 하나의 세계를 마주하는 일이므로, 시를 사랑하는 우리는 한권의 시집을 읽으며 우리 자신조차 몰랐던 우리의 가능성을 알아차리게 된다. 선택지가 얼마 없다는 생각이 들 때 인간은 비관하지만, 우리에게 정말 길이 없지는 않을 것이다. 우리에게 없는 것은 다른 세상을 상상할 힘이 아닐까. 우리는 시를 통해 그 힘을 잠시 빌려볼 수도 있다. 최소한 창비시선이 시를 통해 꿈꿔온 것은 바로 그런 일이었다.

그간 창비시선은 내일을 꿈꾸고 새로운 세계의 가능성을

타진하며, 우리 삶의 혁명을 모색하며 걸어왔다. 401번이 발간된 2016년부터는 시가 품은 가능성의 최대화를 염두에 두고 좀더 크고 넓은 미래를 꿈꾸는 일에 집중해왔다. 이는 기존의 가치를 계승하면서도 빠르게 변화하기 시작한 세대의 풍경과 밀접하게 호흡하기 위함이었다. 2010년대 중반은 한국문학에 대한 총체적인 검토와 반성이 본격적으로 진행되어온 시기였으며, 그에 발맞춰 우리 문학에 요구되는 감수성과 윤리 또한 상당 부분 변화했다. 오늘날의 창비시선이 지향한 외연의 확장은 이러한 시대의 변화를 반영한 것이라 볼 수 있을 것이다.

이 시집은 500번째 창비시선을 맞이하여 401번부터 499번까지의 시집을 돌아보고자 기획되었다. 각권에서 한편씩을 골랐으며, 여러권을 출간한 시인도 한편만을 선하는 것을 원칙으로 했다. 아울러 지난 8년여 동안 전개된 창비시선의 흐름을 한 방향으로 정리하고 요약하기보다는 시인 각자의 개성을 드러내 보이는 데 역점을 두고 시를 선했다. 이는 시인 각자, 시집 각권의 다채로운 개성이야말로 요즘 창비시선이 지닌 가장 큰 자산인 까닭이다. 『울고 들어온 너에게』(창비시선 401)의 김용택 시인부터 『웃긴 게 뭔지 아세요』(창비시선 499)의 한재범 시인까지, 1948년생부터 2000년생까지 세대를 아우르는 이 구성을 통해 우리는 각 세대의 감수성이 당대와 어떤 식으로 호흡하고 있는지 확인할 수 있으며, 오늘날 우리 시가 서 있는 자리가 어디쯤인지 가늠해볼 수도 있으리라.

목차의 구성 면에서는 출간 순서를 최대한 따르고자 했다. 급변하는 2010년대와 2020년대의 시의 흐름을 이 시집을 통해 읽어낼 수 있으리라는 기대를 담은 것이었다. 다만 한명의 시인이 이룬 독특한 세계가 겨우 한편의 시로 충분히 표현되기란 어려운 일이므로, 이 선집을 통한 연결이 시집 전권으로도 확장될 수 있기를 바라본다.

이 시집이 아우르는 것은 8년의 시간이지만, 신경림의 『농무』가 발간된 1975년부터 살핀다면 지금까지 50년 가까운 시간이 지났다. 창비시선 500이라는 이 놀라운 궤적은 창비시선을 꾸준히 읽고 사랑해준 독자들과 함께 만들어온 것이다. 한권의 시집이 하나의 세계로 작동하기 위해서는 독자의 적극적인 읽기 행위를 통해야만 한다. 시를 사랑하는 이들이 없다면 시는 공중으로 흩어지는 빈 소리에 지나지 않으리라. 그러나 우리가 시를 진정으로 사랑한다면, 그리하여 시가 들려주는 그 낯선 목소리에 우리의 마음을 포개어볼 수 있다면 우리는 보다 새로워질 수 있고, 시는 우리와 함께 더 먼 곳으로 나아갈 수 있다. 그렇게 도달한 곳에서 우리는 내일로 이어지는 풍경을 발견할 수 있다. 그 풍경은 다채로운 미래의 모습으로 빛나고 있을 것이다.

**황인찬·안희연** 시인

# 작품출전

김용택 • 「오래 한 생각」, 『울고 들어온 너에게』(창비시선 401), 2016.9.

도종환 • 「나머지 날」, 『사월 바다』(창비시선 403), 2016.10.

이정록 • 「까치설날」, 『눈에 넣어도 아프지 않은 것들의 목록』
　　　　(창비시선 404), 2016.11.

이설야 • 「날짜변경선」, 『우리는 좀더 어두워지기로 했네』
　　　　(창비시선 405), 2016.12.

신두호 • 「지구촌」, 『사라진 입을 위한 선언』(창비시선 407), 2017.4.

안미옥 • 「캔들」, 『온』(창비시선 408), 2017.4.

박연준 • 「고요한 싸움」, 『베누스 푸디카』(창비시선 410), 2017.6.

신용목 • 「목소리가 사라진 노래를 부르고 싶었지」, 『누군가가 누군
　　　　가를 부르면 내가 돌아보았다』(창비시선 411), 2017.7.

김경후 • 「속수무책」, 『오르간, 파이프, 선인장』(창비시선 412), 2017.8.

박성우 • 「또 하루」, 『웃는 연습』(창비시선 413), 2017.8.

이시영 • 「그네」, 『하동』(창비시선 414), 2017.9.

박신규 • 「청혼」, 『그늘진 말들에 꽃이 핀다』(창비시선 415), 2017.10.

리　산 • 「울창하고 아름다운」, 『메르시, 이대로 계속 머물러주세요』
　　　　(창비시선 416), 2017.11.

장석남 • 「여행의 메모」, 『꽃 밟을 일을 근심하다』(창비시선 417),

2017.12.

박라연 • 「화음을 어떻게든」, 『헤어진 이름이 태양을 낳았다』
(창비시선 419), 2018.4.

박　철 • 「빨랫줄」, 『없는 영원에도 끝은 있으니』(창비시선 420),
2018.4.

임경섭 • 「빛으로 오다」, 『우리는 살지도 않고 죽지도 않는다』
(창비시선 421), 2018.6.

김명수 • 「키 큰 떡갈나무 물참나무 아래 지날 때」, 『언제나 다가서
는 질문같이』(창비시선 422), 2018.6.

김정환 • 「빈 화분」, 『개인의 거울』(창비시선 423), 2018.7.

김중일 • 「오늘도 사과」, 『가슴에서 사슴까지』(창비시선 424), 2018.7.

이대흠 • 「목련」, 『당신은 북천에서 온 사람』(창비시선 425), 2018.8.

나희덕 • 「심장을 켜는 사람」, 『파일명 서정시』(창비시선 426), 2018.11.

김사이 • 「가끔은 기쁨」, 『나는 아무것도 안하고 있다고 한다』
(창비시선 427), 2018.12.

이기인 • 「언제나 깍듯이」, 『혼자인 걸 못 견디죠』(창비시선 428),
2019.1.

박소란 • 「심야 식당」, 『한 사람의 닫힌 문』(창비시선 429), 2019.1.

이경림 • 「서쪽」, 『급! 고독』(창비시선 430), 2019.3.

정희성 • 「연두」, 『흰 밤에 꿈꾸다』(창비시선 431), 2019.4.

전동균 • 「이토록 적막한」, 『당신이 없는 곳에서 당신과 함께』
(창비시선 432), 2019.6.

노향림 • 「동백숲길에서」, 『푸른 편지』(창비시선 433), 2019.6.

**유이우** • 「이제 집으로 돌아가야 할 때」, 『내가 정말이라면』

(창비시선 434), 2019.7.

**고영민** • 「두부」, 『봄의 정치』(창비시선 435), 2019.7.

**박경희** • 「빈집 한채」, 『그늘을 걷어내던 사람』(창비시선 436), 2019.10.

**황인찬** • 「"내가 사랑한다고 말하면 다들 미안하다고 하더라"」,

『사랑을 위한 되풀이』(창비시선 437), 2019.11.

**이영재** • 「낭만의 우아하고 폭력적인 습성에 관하여」, 『나는 되어가

는 기분이다』(창비시선 439), 2020.1.

**손택수** • 「나뭇잎 흔들릴 때 피어나는 빛으로」, 『붉은빛이 여전합니

까』(창비시선 440), 2020.2.

**이정훈** • 「마지막에 대하여」, 『쏘가리, 호랑이』(창비시선 441), 2020.3.

**백무산** • 「정지의 힘」, 『이렇게 한심한 시절의 아침에』(창비시선 442),

2020.3.

**고형렬** • 「꽃씨」, 『오래된 것들을 생각할 때에는』(창비시선 444),

2020.5.

**박형준** • 「달나라의 돌」, 『줄무늬를 슬퍼하는 기린처럼』(창비시선 445),

2020.6.

**안희연** • 「슈톨렌」, 『여름 언덕에서 배운 것』(창비시선 446), 2020.7.

**김　현** • 「내가 새라면」, 『호시절』(창비시선 447), 2020.8.

**박승민** • 「무현금(無絃琴)」, 『끝은 끝으로 이어진』(창비시선 448),

2020.8.

**안도현** • 「호미」, 『능소화가 피면서 악기를 창가에 걸어둘 수 있게

되었다』(창비시선 449), 2020.9.

**유병록** • 「아무 다짐도 하지 않기로 해요」,『아무 다짐도 하지 않기로 해요』(창비시선 450), 2020.10.

**최정례** • 「어디가 세상의 끝인지」,『빛그물』(창비시선 451), 2020.11.

**정현우** • 「사랑의 뒷면」,『나는 천사에게 말을 배웠지』(창비시선 452), 2021.1.

**이산하** • 「새와 토끼」,『악의 평범성』(창비시선 453), 2021.2.

**곽재구** • 「그리움」,『꽃으로 엮은 방패』(창비시선 454), 2021.2.

**신미나** • 「가지의 식감」,『당신은 나의 높이를 가지세요』(창비시선 455), 2021.3.

**이상국** • 「오늘 하루」,『저물어도 돌아갈 줄 모르는 사람』(창비시선 456), 2021.3.

**김승희** • 「사랑의 전당」,『단무지와 베이컨의 진실한 사람』(창비시선 457), 2021.4.

**최지은** • 「이 꿈에도 달의 뒷면 같은 내가 모르는 이야기 있을까」,『봄밤이 끝나가요, 때마침 시는 너무 짧고요』(창비시선 458), 2021.5.

**이문재** • 「오래 만진 슬픔」,『혼자의 넓이』(창비시선 459), 2021.5.

**권창섭** • 「아이 미스 언더스탠딩」,『고양이 게스트하우스 한국어』(창비시선 460), 2021.7.

**김선우** • 「이제 나뭇잎 숭배자가 되어볼까?」,『내 따스한 유령들』(창비시선 461), 2021.8.

**강지이** • 「바다비누」,『수평으로 함께 잠겨보려고』(창비시선 462), 2021.8.

**이근화** • 「세상의 중심에 서서」,『뜨거운 입김으로 구성된 미래』
　　　　(창비시선 463), 2021.9.

**정다연** • 「사랑의 모양」,『서로에게 기대서 끝까지』(창비시선 464),
　　　　2021.10.

**이종민** • 「찢어진 페이지」,『오늘에게 이름을 붙여주고 싶어』
　　　　(창비시선 465), 2021.10.

**김수우** • 「신을 창조해놓고도」,『뿌리주의자』(창비시선 466), 2021.11.

**임선기** • 「꿈 2」,『피아노로 가는 눈밭』(창비시선 467), 2021.12.

**심재휘** • 「높은 봄 버스」,『그래요 그러니까 우리 강릉으로 가요』
　　　　(창비시선 468), 2022.1.

**최백규** • 「장마철」,『네가 울어서 꽃은 진다』(창비시선 469), 2022.1.

**조온윤** • 「중심 잡기」,『햇볕 쬐기』(창비시선 470), 2022.2.

**문태준** • 「새와 한그루 탱자나무가 있는 집」,『아침은 생각한다』
　　　　(창비시선 471), 2022.2.

**최지인** • 「기다리는 사람」,『일하고 일하고 사랑을 하고』
　　　　(창비시선 472), 2022.3.

**신철규** • 「내 귓속의 저수지」,『심장보다 높이』(창비시선 473), 2022.4.

**김유림** • 「우리가 굴뚝새를」,『별세계』(창비시선 474), 2022.4.

**송경동** • 「우리 안의 폴리스라인」,『꿈꾸는 소리 하고 자빠졌네』
　　　　(창비시선 475), 2022.4.

**신동호** • 「끝없이 두갈래로 갈라지는 길들이 있는 정원」,『그림자를
　　　　가지러 가야 한다』(창비시선 478), 2022.6.

**이용훈** • 「곰이 물구나무서서」,『근무일지』(창비시선 479), 2022.6.

『너와 바꿔 부를 수 있는 것』(창비시선 496), 2024.1.

**남길순** • 「낮 동안의 일」, 『한밤의 트램펄린』(창비시선 497), 2024.1.

**정우영** • 「동백이 쿵,」, 『순한 먼지들의 책방』(창비시선 498), 2024.2.

**한재범** • 「다회용」, 『웃긴 게 뭔지 아세요』(창비시선 499), 2024.3.

창비시선 500

# 이건 다만 사랑의 습관

초판 1쇄 발행 / 2024년 3월 29일
초판 3쇄 발행 / 2024년 5월 28일

엮은이 / 안희연·황인찬
펴낸이 / 염종선
책임편집 / 이진혁 박지호 이주원
조판 / 박지현
펴낸곳 / (주)창비
등록 / 1986년 8월 5일 제85호
주소 / 10881 경기도 파주시 회동길 184
전화 / 031-955-3333
팩시밀리 / 영업 031-955-3399  편집 031-955-3400
홈페이지 / www.changbi.com
전자우편 / lit@changbi.com

ISBN 978-89-364-0294-5  03810